BENDITA CASA MALDITA

© by Maria Cecilia Mendes Pimentel de Vasconcellos
© das ilustrações by Rosana Urbes

Direitos de edição da obra em língua portuguesa no Brasil adquiridos pela EDITORA NOVA FRONTEIRA PARTICIPAÇÕES S.A. Todos os direitos reservados. Nenhuma parte desta obra pode ser apropriada e estocada em sistema de banco de dados ou processo similar, em qualquer forma ou meio, seja eletrônico, de fotocópia, gravação etc., sem a permissão do detentor do copirraite.

EDITORA NOVA FRONTEIRA PARTICIPAÇÕES S.A.
Rua Nova Jerusalém, 345 – Bonsucesso – 21042-235
Rio de Janeiro – RJ – Brasil
Tel.: (21) 3882-8200 – Fax: (21) 3882-8212/8313

CIP-BRASIL. CATALOGAÇÃO NA PUBLICAÇÃO
SINDICATO NACIONAL DOS EDITORES DE LIVROS, RJ

V446b   Vasconcellos, Cecilia
2.ed.   Bendita casa maldita / Cecilia Vasconcellos ; ilustração Rosana Urbes. - 2. ed. - Rio de Janeiro : Nova Fronteira, 2014.
il.

ISBN 9788520937235

1. Ficção infantojuvenil brasileira . I. Urbes, Rosana. II. Título.

CDD: 028.5
CDU: 087.5

Cecilia Vasconcellos

BENDITA CASA MALDITA

Ilustrações Rosana Urbes

2ª edição

EDITORA
NOVA
FRONTEIRA

I

Campos

Naquela noite, Cristina não conseguia dormir. Sentia a presença da tragédia, ali bem perto, quase ao alcance da mão. Ainda invisível, mas se avolumando para no momento exato desabar sobre a família Lemos.

Acendeu o abajur, olhou o relógio: duas horas da manhã. Não é que não tivesse sono. É que tinha medo. E o medo não gosta de dormir. Prefere ficar acordado, perguntando: E agora? O que vai ser? O que que eu faço?

Repassou mais uma vez as mudanças que vinham ocorrendo nos últimos meses. Manter a cabeça ocupada, único jeito de não enlouquecer.

Cléber

Tudo começou com a entrada de Cléber na vida de Adriana, sua mãe. Tinha sido tão bom! No lugar da rotina, uma surpresa a cada dia, a vidinha sem graça de sempre se transformando numa enorme agitação.

Cristina o recebeu de braços abertos. Gostava de ver a mãe feliz. E quando os seus 14 anos sonhavam com um homem de 18, forte e carinhoso, esse homem imaginário em tudo se parecia com Cléber.

Já Marcelo, três anos mais novo, tinha criado muita dificuldade no início. Um dia, mudou.

É que há tempos o menino se empanturrava de uma certa gelatina, só para preencher o cupom que vinha na caixa e enviá-lo ao sorteio da Rádio Campos. De todos os prêmios, apenas o videogame o interessava. Chegou a acordar deprimido uma manhã, depois de ter sido contemplado, no sonho, com uma batedeira. A partir daí, o videogame passou a custar o enjoo da tal gelatina, o temor de ganhar o prêmio errado e a decepção por nunca ser sorteado.

Quando Cléber soube da história, prometeu solução.

— Você consegue? Sério? — Era a primeira vez que Marcelo dirigia a palavra ao namorado da mãe.

Na semana seguinte, Cléber adentrou a rádio com o menino.

— Pessoal — chamou —, vem cá conhecer o meu filhão.

Filhão?! Uma onda de raiva nublou os bons modos de Marcelo. Deu as costas às pessoas que o cumprimentavam e já ia gritar que queria ir embora, que odiava aquele lugar, odiava todo mundo, quando sentiu um toque no ombro. Virou-se, emburrado, e deu com um homem desconhecido.

— Então é você que gosta de videogame? — perguntou o homem.

Aquela era a voz do apresentador do programa, Marcelo reconheceu. O apresentador em pessoa, ali na sua frente, falando com ele, Marcelo mal podia acreditar. Uma onda de emoção nublou sua fala. Marcelo quis, mas não conseguiu responder.

— Você gosta de videogame? — insistiu o homem.

Marcelo, mudo, foi socorrido por Cléber:

— Gosta, gosta muito. Não é, filho?

— É — conseguiu balbuciar.

— Será que você vai ser o felizardo de hoje?

O menino suspendeu os ombros. O apresentador piscou para ele.

— Estou achando que vai.

Instantes depois, para euforia de Marcelo, o programa foi ao ar. As músicas de sempre começaram a ser tocadas.

Com o microfone desligado, o locutor contava histórias e ria, batendo a mão no joelho de Cléber. Eram amigos mesmo, amigos íntimos, Marcelo se impressionava.

De repente, a lâmpada vermelha que havia no alto da parede se acendeu. Um ligeiro nervosismo tomou conta do estúdio. O locutor se endireitou na poltrona, colocou os óculos e ligou o microfone.

— Você tem um problema amoroso? Escreva pro nosso programa que nós vamos te ajudar. Vamos ver de quem é a carta de hoje. É da, vamos ver, Maria Edite! E você que não é Maria Edite, mas é ouvinte da Rádio Campos, continue escrevendo, que sua vez vai chegar.

Essa era a parte brega do programa, a única de que Marcelo não gostava. Mas, para sua surpresa, o locutor começou a fazer caretas e revirar os olhos.

— Que letra bonita, Maria Edite! Vamos ler... Namoro um rapaz há cinco anos. Ele diz que me ama, mas não marca o casamento. Eu quero ter minha casa, filhos, já estou com trinta anos. Minhas amigas dizem que eu devia engravidar.

O locutor piscou para Marcelo e continuou com caretas cada vez mais engraçadas.

— Suas amigas estão erradas, Maria Edite, não se arrasta ninguém ao altar. Dispensa esse sujeitinho enrolado, cartão vermelho nele, Maria Edite. Você precisa abrir caminho pra sua cara-metade chegar.

Então era isso, estava explicado. Tudo gozação!

Um súbito gosto de gelatina fez o entusiasmo do menino se transformar em vergonha. Também tinha feito papel de bobo, enviando cupons e mais cupons que nunca seriam sorteados. Tão bobo quanto essa Maria Edite. Agora, pelo menos, estava do lado dos espertos. Graças ao Cléber, agora sabia das coisas.

Quando a luz vermelha se apagou, o microfone foi desligado. Voltaram as músicas, a conversa informal. Marcelo não se lembrava de ter vivido emoção tão forte. Ouvia palavrões, piadas, confidências. Estava sendo tratado como adulto, como homem, como filho do Cléber.

A lâmpada vermelha se acendeu pela última vez naquele dia. O locutor se empertigou, ligando o microfone.

— Vamos aos nossos sorteios de hoje. O primeiro contemplado vai ganhar um videogame.

Marcelo sabia que seria o contemplado, e mesmo assim estava ansioso.

— Atenção, ouvintes da Rádio Campos! Atenção, aqueles que escreveram para o nosso programa!

O encarregado da sonoplastia amassou jornal na boca do microfone, produzindo barulho de cartas sendo remexidas. Marcelo ouvia aquele farfalhar semanalmente, sem sequer sonhar que era falso.

— O videogame vai para... Vamos ver...

O sonoplasta passou a rasgar o jornal. Direitinho o som de uma carta sendo aberta.

— O felizardo de hoje é... Marcelo Lemos!

Controvérsias

A briga de Adriana com os padrinhos do Marcelo foi o primeiro sinal de que alguma coisa não ia bem. Eles não gostavam do Cléber. Avisaram Cristina:

— Esse homem vai tomar o que o seu pai deixou para vocês.

Cristina não acreditou. Naqueles poucos meses, Cléber tinha dado atenção, roupas, presentes, carinho. Estava até procurando um cavalo de salto para eles. Do pai, não se lembrava de ter ganhado nada. Um pai que não se importou de morrer antes que ela o tivesse guardado na memória.

O segundo sinal Cristina percebeu quando não puderam mais ir à fazenda. Tinha sido vendida. Cléber pretendia comprar outra, muito melhor. Logo depois, a mãe vendeu também a loja. O aluguel rendia pouco, e Cléber não gostava de comércio. Com o dinheiro iriam todos viajar.

As mudanças causavam assombro na vizinhança. Comentava-se abertamente que Cléber era um aproveitador e iria levar a família à miséria. Adriana, Cristina e Marcelo fechavam-se cada vez mais em torno dele. Não queriam pôr em risco o aconchego, a felicidade, os sonhos que só tinham conhecido após sua chegada.

Em pouco tempo, Adriana viu-se rompida com todos os Lemos. Sem esse apoio, sentiu-se insegura. De sua família nada podia esperar. Os pais haviam morrido, e a única irmã não tinha cabeça nem meios para ajudá-la.

Cada vez mais tensa e pressionada, Adriana acabou adoecendo. Cléber precisou se mudar para a casa dela e assumir todas as tarefas. Fazia as compras, ajudava Marcelo com os deveres, distribuía as mesadas, tratava de Adriana. Cristina e o irmão viam como ele era bom e paciente com a mãe. Como se esforçava para tirá-la do quarto, distraí-la.

Uma tarde foram todos ao leilão. Cléber ajudou Adriana a arrematar um cavalo lindo para os filhos. Depois comemoraram, jantando fora. Adriana se sentiu muito bem nessa noite, vendo Marcelo e Cristina tão felizes.

Volta e meia iam ao banco aplicar dinheiro, ou ao cartório assinar papéis. Voltavam sempre animados com os bons negócios que faziam.

Aos domingos saíam de Campos em direção às praias. Atafona, Grussaí, Farol de São Tomé. Marcelo e Cristina se divertiam, às vezes até encontravam amigos, enquanto Cléber arrumava a barraca, acomodava Adriana na espreguiçadeira, ajeitava o lanche. Ficavam gratos, ele era mesmo muito bom. Não iam deixar os invejosos destruírem aquela felicidade, não aceitavam críticas a Cléber.

Cristina o convidou para dançar a primeira valsa, a valsa do pai, na sua festa de 15 anos. Contra tudo e contra todos. Honrado com o convite, ele deu uma bicicleta linda para a nova enteada.

O medo

Pedalando pelas ruas de Campos, parando aqui e ali, ouviu que a mãe estava tomando mais remédios do que precisava. Foi aí que começou o medo. E o medo perguntou a Cristina se ela e Marcelo não estariam ganhando mais presentes do que precisavam.

No jantar ficou atenta. Adriana não comeu quase nada. Estava ausente. Pálida e envelhecida. Cochilava sentada na cadeira.

De um único vidro, Cléber tirou três comprimidos que Adriana engoliu sem protestar. O medo perguntou a Cristina se ela e Marcelo também não estariam engolindo muitas coisas sem protestar.

Depois que todos se deitaram, foi pé ante pé à sala de jantar. Encontrou o remédio. Leu o nome. Um relaxante conhecido.

A receita médica estava ali mesmo na bandeja: uma lista interminável de drogas e vitaminas. O relaxante vinha no fim. Tomar meio comprimido à noite, somente em caso de tensão, ansiedade ou agitação. Ao pensar na mãe, tão apática, engolindo tantos de uma vez, Cristina começou a ter os sintomas descritos na receita.

Voltou tremendo ao quarto, abraçou o travesseiro. "E agora? O que vai ser? O que que eu faço?" E assim ficou, até acender o abajur às duas horas da manhã.

Apagou o abajur. Já estava entendendo o que tinha acontecido nos últimos seis meses. Precisava decidir o que faria nas próximas horas.

Desconfiou do silêncio. Sentia a tragédia se aproximando. Olhos abertos, balançou a mão à frente como fazem os cegos, mas só tocou o vazio. Nesse exato momento, uma claridade atravessou a escuridão do teto e sumiu. Como se fosse um raio. Cristina se encolheu esperando o trovão. Mas só ouviu um ruído abafado dentro de casa. Passos no corredor.

II
Rio de Janeiro

Chico não quis mais adiar o confronto.

— Pai, não vou fazer vestibular.

Seu Antunes afrouxava a gravata, recém-chegado da repartição.

— Por que não, Chico? Quais são seus planos para o ano que vem?

Chico coçou a cabeça, sem saber como dar a notícia.

— Ano que vem? Bom, no ano que vem, de repente, eu posso terminar o Ensino Médio e...

Seu Antunes largou a gravata. Encarou o filho.

— Você não se forma agora?

— Ainda não sei.

— Não me enrola, Francisco José! — Na hora da bronca, o apelido era esquecido. — Você vai ou não vai se formar agora?

— Se tirar 9 na prova de física e 8,5 na de química... O problema é que ainda tem matemática, história, estou achando que não vai dar.

— Está achando ou já sabe?

Chico tornou a coçar a cabeça, sem responder.

— Vai levar bomba?

— Pai, não é culpa minha.

— A culpa é dessa maldita prancha de surfe que não deixa você estudar.

— Nada a ver, pai. Todo mundo pega onda. O Caveira...

— Olha aqui, Francisco José, eu não vou ficar pagando colégio para quem não quer estudar. Você vai se matricular numa escola pública, no turno da noite.

O corpo do rapaz reagiu. Chico marchou parado, levantou o queixo, abriu os braços. As pupilas quase sumiram, como se procurasse alguma coisa dentro da cabeça. Tudo isso para dizer:

— Qual é, pai? O que que tem repetir o ano? Todo mundo repete. O Caveira...

Seu Antunes não deu ouvidos. Continuou:

— E vai trabalhar de dia para se sustentar.

Esse último aviso valeu por uma bofetada.

— Não foi vacilo meu, está a maior conspiração contra mim lá no colégio — justificou Chico com voz de choro, o que irritou ainda mais o pai.

— Conspiração coisa nenhuma!

— O problema é que os professores...

Seu Antunes perdeu de vez a paciência. Gritou:

— O problema é que você não tem juízo. E a solução é trabalho de dia, estudo de noite. Acabou-se a boa vida. Do meu dinheiro, você não vê mais um tostão.

O rapaz voltou para o quarto, repetindo:

— Foi mal, foi mal.

Direito de ir e vir

Três dias depois, Chico se aprontava na frente do espelho.

Lambuzou o dedo na pasta verde-limão, espalhou pelo nariz e adjacências, depois também pela boca. Limpou o dedo na bermuda estampada. Eram tantas cores fosforescentes que um borrão a mais ou a menos não fazia diferença. Tampou a latinha do protetor. E deixou a parafina do cabelo para passar mais tarde, quando fosse entrar no mar.

Tudo porque não tinha nascido louro. Quer dizer, até tinha sido louro em criança, depois é que o cabelo escureceu. Mas e daí, qual era o problema? Estava louro, não estava? Então, não podia reclamar.

Guardou a parafina no bolso interno da bermuda. Afastou-se do espelho. A mão no bolso fez pensar em dinheiro. Dinheiro? Dinheiro. Lembrou que não tinha. Agora sim um problema.

Morando no Grajaú, precisava de algum para ir à praia. Ou então o carro, se estivesse de tanque cheio. Chico calculou os riscos. Desistiu de pedir o carro, perda de tempo, o pai mesmo de bom humor não gostava de emprestar. Mas a grana da condução, de repente... Se fosse para estudo, ele soltava, com certeza. O problema é que não dava nem para dizer que era, porque o colégio ficava ao lado de casa.

Procurou no mais fundo do seu intelecto um argumento que pudesse convencer o pai. Lembrou do direito de ir e vir, garantido pela Constituição. Até os meninos de rua tinham esse direito. Não podiam ser internados à força. Tinha visto a reportagem na televisão. Direito de ir e vir. O pai, megapreocupado com essas coisas de lei, ia ter de liberar a grana para ele ir e vir da praia. Saiu do quarto satisfeito, o problema se desintegrando a sua frente.

Alcançou seu Antunes na porta de saída. Apertava o nó da gravata, com cara de poucos amigos. Chico achou melhor amaciá-lo primeiro.

— Pai, vai ser uma boa eu estudar de noite pra poder trabalhar de dia e ter minha grana.

Seu Antunes destrancou a porta.

— Sei — murmurou, chamando o elevador.

Vendo que o tempo se esgotava, Chico foi direto ao assunto:

— No ano que vem, vai ser uma boa. E agora, se desse para você me arrumar um dinheiro para... — Calou-se, deixando o direito de ir e vir para outra ocasião.

É que o pai o estudava de cima a baixo, com o mais profundo desprezo.

Tinha começado pelos cabelos parafinados, passado ao brinco da orelha e dali ao nariz verde-limão. Deteve-se na tatuagem do ombro, desceu pelo peito nu, parou na bermuda florida. Seguiu pelas pernas finas até chegar aos pés descalços, imundos.

Um rapaz saudável, seu Antunes suspirou, mas vagabundo. Sem uma palavra, entrou no elevador e foi embora trabalhar.

Pouco depois, o porteiro tocava a campainha.

— Chico, seu pai mandou entregar.

Era o caderno de classificados de um jornal, aberto na seção de empregos.

Emprego

Verdade seja dita. Chico fez o que pôde para reverter a situação. Só depois de gastar todos os cartuchos e não conseguir demover o pai da ideia louca de não lhe dar dinheiro, foi que capitulou. Saiu em busca de emprego, com o jornal debaixo do braço.

Os lugares onde pudesse haver gente jovem e interessante estavam circundados de hidrográfica. Se o salário fosse bom e não pegassem muito no pé, de repente ele até aceitava. Por uns tempos. Até o pai refrescar.

Foi primeiro a uma academia de ginástica.

— A vaga já foi preenchida.

Esteve num curso de inglês.

— Você tem experiência anterior?

Tentou uma agência de turismo.

— Exigimos Ensino Médio completo.

Depois de percorrer todos os endereços selecionados, Chico voltou ao jornal. Dessa vez, menos exigente, marcou vários empregos que antes havia desprezado. No dia seguinte retomou a romaria. Ouviu as mesmas recusas. Desconfiou até que trabalho fosse coisa muito boa. Do jeito que era difícil conseguir...

Uma semana se passou. O pai cismado resolveu apertar. Ameaçou cortar a esmola — como Chico gostava de dizer — que ainda dava, caso ele não aparecesse com a carteira de trabalho assinada. Pois o dinheiro era para ajudar na busca do emprego. E, pelo jeito, Francisco José não estava buscando nada.

Com o direito de ir e vir ameaçado, Chico descobriu no jornal uma família procurando motorista. Adorava dirigir. Dependendo do carro, e se não exigissem uniforme, quepe, essas coisas, podia ser uma boa.

Telefonou, anotou o endereço, três esquinas depois da praça do Grajaú. Perto de onde morava. Apesar de não terem gostado dos seus 18 anos, marcou uma entrevista e partiu imediatamente para lá.

Passou pela praça, contou três quarteirões e não encontrou a rua. Perguntou a uma pessoa, que não soube informar. Voltou à praça do Grajaú, pensando em andar três quarteirões no sentido contrário. Foi quando o letreiro chamou sua atenção: Imobiliária Praiamar.

Praiamar, deteve-se intrigado. Praiamar.

Se Chico tinha uma mania, era de juntar palavras ou sílabas para inventar nomes inteligentes, autoexplicativos. Na sua fase natureba, enquanto o liquidificador trabalhava, ele criava o nome do suco que iria tomar. Beterraba com laranja virava Beterranja. Se acrescentasse cenoura, passava a ser Betnouranja. Se incluísse uva, Betnouruvanja.

Praiamar era um nome perfeito. Juntava duas coisas que tinham tudo a ver, e ainda formava a palavra amar. Nome perfeito para o seu filho. Praiamara, se fosse menina. O letreiro entrava pelos olhos de Chico e se transformava numa criancinha loura carregando uma miniprancha, com um estrepe agarrado no pé. Praiamar, Praiamara.

Muito melhor que Francinês e Francinésio, que ele inventou quando namorou uma Inês. Desde essa época, experimentava combinações com o nome de todas as meninas que conhecia, e nada dava muito certo. O problema era grave, estava no seu nome, Francisco. Acabava de descobrir, ali no letreiro, a solução. Agora, quando gostasse de alguém, era só chamá-la de Praia. Você é minha Praia, e eu sou o seu Mar.

Quebrado o encanto, Chico lembrou da rua que procurava e entrou na imobiliária para se informar.

No que atravessou a porta, foi abordado por uma moça muito gentil.

— Boa tarde. Um minutinho, que você já vai ser atendido.

Atendido? Só rindo mesmo.

Um garçom surgiu oferecendo água e café. Chico tentou desfazer o engano, mas desistiu, porque a moça parecia nervosa no interfone.

Ao desligar, ela já estava alegre de novo.

— Todos os nossos corretores estão fora, mas eu consegui que o gerente viesse atendê-lo.

O café e a água chegaram junto com o gerente, que serviu Chico de açúcar. Constrangido, Chico explicou que só queria uma informação. Sobre um endereço. E quando mencionou a entrevista de emprego, o gerente abriu um sorriso.

— Depois de emprego vem sempre casamento. Já marcou a data?

Perguntava, porque tinha um conjugado em excelentes condições, cozinha reformada, armários embutidos, num preço ótimo. Perfeito para um casal jovem.

Chico se remexeu na cadeira, sem graça.

— Que casamento, cara, essa roubada de emprego, é meu pai que... — E desabafou toda a história.

O gerente pediu nova rodada de café e água, desta vez para os dois. Depois que o garçom se afastou, serviu açúcar em uma das xícaras e deu a Chico.

— Sabe o que eu acho, meu amigo? Com seu perfil, você pode arranjar uma posição muito melhor que a de motorista.

— Difícil, só querem gente com experiência, inglês, Ensino Médio completo.

— Bobagem, uma pessoa eloquente, com boa apresentação e carisma como você não precisa de nada disso.

Chico contou que precisava era da carteira assinada, o pai estava marcando em cima.

— Pois hoje é seu dia de sorte — disse o gerente. — Eu estava procurando uma pessoa com o seu perfil. Para começar na próxima semana.

Piso salarial na carteira, mais comissão, chance de fazer bons contatos, Chico foi ouvindo as vantagens enquanto seus olhos passeavam pelo nome Praiamar estampado na fachada de vidro.

Voltando para casa, mexeu com todas as meninas, bonitas e feias, que encontrou pelo caminho. Você já vai ser atendido, lembrava da recepcionista e fazia uma mesura no meio da rua. Completar o Ensino Médio grau para quê, se era eloquente e tinha carisma, ria sozinho. O mais engraçado era não saber o que significava eloquente. Muito menos carisma.

Na segunda-feira começou, na sexta falava em largar.

— Mas já? — perguntou seu Antunes, abrindo o jornal.

— Um complô contra mim.

— Complô coisa nenhuma — retrucou o pai, sem dar muita bola.

Ouviram a campainha. Chico abriu a porta, era a vizinha, dona Jussara, que foi entrando e perguntando como ia o emprego.

— Mal — reclamou. — Querem que eu trabalhe amanhã e domingo.

— Então gostaram de você — concluiu a vizinha.

— Estão é armando para cima de mim. Eu senti.

Jussara não entendeu.

— Sentiu o quê, Chico?

— Um clima estranho. Muito cochicho, neguinho me olhando de banda...

Seu Antunes achava tudo absolutamente normal.

— Não estão armando nada, Francisco José. Corretor não tem fim de semana, só isso. — Esticou o jornal para o filho. — Dá uma olhada nesse anúncio.

Como Chico não se mexeu, Jussara pegou o jornal.

— Apartamentos decorados — leu. — É, Chico, o Antunes tem razão. Diz aqui: visitas sábados e domingos, corretores no local.

Chico foi para o quarto, raciocinando que com ou sem plantão não poderia ir à praia, não tinha dinheiro. Tirou a prancha de surfe do vão entre a estante e a parede e sumiu com ela para cima da prateleira mais alta.

Parou na frente do espelho. Um absurdo essa história de só pagarem o salário no fim do mês. Tremenda exploração! O espelho balançou a cabeça concordando.

Na manhã seguinte, pegou o endereço e as chaves da casa que iria mostrar. Conforme o combinado, recebeu também a diária: um envelope com dinheiro para passagem e refeição.

Saindo da imobiliária, suspeitou de alguma coisa. Virou de repente a cabeça e confirmou: todos os funcionários olhavam para ele. Imediatamente disfarçaram, baixando os olhos. Como não adiantava perguntar o que era, seguiu quieto para o ponto de ônibus.

Rua Cinco de Julho, 96, era o endereço da casa. Pegou um ônibus vazio, havia pouca gente circulando àquela hora da manhã. Abriu o envelope para pagar a passagem. Notou alguma coisa errada com o dinheiro ali dentro. Pagou e sentou, desconfiado. Examinou os outros cinco passageiros. Pareciam inofensivos. O trânsito fluía bem, em pouco tempo chegou a Copacabana.

Pelo sim, pelo não, olhou para trás depois de saltar. Não estava sendo seguido, nem observado. O ônibus arrancava com as portas fechadas e os cinco passageiros dentro.

Chico tornou a contar o dinheiro do envelope. Muito estranho. Aproveitando o restinho de crédito do celular, ligou para a imobiliária e pediu que o transferissem para o gerente.

— Amigo, está me ligando por quê? O que foi? O que que aconteceu?

Chico demorou a responder, espantado com a aceleração do outro.

— É que...

O gerente o interrompeu, impaciente.

— Me diz o que está acontecendo, Chico. Você está na casa?

— Não, mas não são oito horas ainda — respondeu na defensiva.
— Chego lá num minuto, é a meio quarteirão daqui.

— Ah, tudo bem. — O gerente parecia aliviado. — Está precisando de alguma coisa?

— Não, nada.

— Mas você ligou para mim.

— Ah, é que apareceu um dinheiro a mais no meu envelope, está rolando alguma armação...

— Ei, Chico, Chico, fica tranquilo, meu amigo, a diária para essa casa é mais alta mesmo. É que essa casa é especial, pensei que eu tinha te falado. Mas, olha, o dinheiro é todo seu. Desde que você cumpra seu horário, claro. Se alugar a casa hoje, amigo, vai ganhar uma supercomissão — falava sem parar.

— Vou tentar, vou tentar. — Chico balançou o braço livre, marchou parado, no seu jeito característico. — A casa é especial por quê?

O gerente não teve outro jeito:

— Amigo, a ligaç... falhan... Depois a gen... conver...

A ligação ficou muda.

Chico guardou o celular, pensando na supercomissão. Seguiu para a casa especial cheio de euforia, enquanto, na imobiliária, o gerente trincava os dentes de aflição.

III
Campos

O feixe de luz tornou a correr, desta vez por baixo da porta. Cristina se levantou assustada. Alguém andava com uma lanterna pela casa. Um ladrão. Um assalto. E agora? O que que eu faço? Calou o medo e foi até a janela. Afastou as cortinas. Ninguém na rua. O único carro estacionado era o de Cléber.

Os passos abafados seguiram o feixe de luz. Fosse quem fosse, rondava sua porta. Cristina vestiu um robe às pressas, por cima da camisola, abriu a janela e pulou para o jardim. Já ia abrindo o portão da rua quando o medo lhe perguntou se Marcelo não estaria morto. Se o ladrão não seria também um assassino. Correu perturbada até a janela do irmão. A luz do poste batia em cheio no corpo estendido na cama. Marcelo não respirava. Cristina ia gritar quando o menino chutou as cobertas e virou de lado.

Na janela da mãe não pôde ver nada. As cortinas totalmente fechadas. Ouviu um barulho às suas costas. Olhou, sem acreditar. Não podia ser. Mas era ele mesmo. Sorrateiro. Lanterna apagada na mão, atravessava o jardim em direção à calçada. Cristina se atirou no meio de uma folhagem.

Ele parou. Apontou a lanterna na direção da menina. O feixe de luz correu por cima das plantas e foi passear na parede da casa. Depois sumiu.

E foi ali, metida entre as folhas do comigo-ninguém-pode, que Cristina descobriu a tragédia em toda a sua dimensão.

Cléber guardou duas malas no carro, trancou a casa e meteu a chave na caixa do correio. Levava uma garrafa com água debaixo do braço. A mesma que nunca faltou nos passeios de domingo da família. Nos últimos seis meses.

E lá se foi o carro fugindo ladeira baixo, silencioso, motor e faróis desligados.

Cristina pegou a chave na caixa do correio e entrou em casa pela porta da frente. Foi direto à bandeja dos remédios na sala de jantar. Esvaziou-a na lixeira. Correu para espiar a mãe. Três e quinze da manhã. Teve pena, muita pena de Adriana. Chorou baixinho. Depois, recostou ao lado dela e dormiu.

As três tarefas

Marcelo chamou, pouco antes das sete.

— Cristina, perdeu a hora? Vai chegar atrasada no colégio. Está dormindo aqui por quê?

— O Cléber viajou. Hoje não vou à escola, tenho de cuidar da mamãe.

E só levantou quando sentiu Adriana se mexendo, já perto de acordar. Foi à cozinha e preparou um café da manhã reforçado. Pediu à empregada:

— Leva lá para a mamãe. Vê se ela come bastante.

Tirou da geladeira uma sobra de pizza que meteu no micro-ondas para requentar. Em menos de um minuto estava pronta, morna, molenga, a muçarela empapada. Sentou num banquinho e comeu aquela coisa horrível. Depois, tomou leite achocolatado, sugando devagar o canudo. A cabeça longe.

Três coisas para fazer. Uma, cuidar da saúde da mãe. Duas, explicar tudo pro Marcelo com muito jeito, que ele ainda era criança. Três, a pior de todas, pedir ajuda ao tio Rui.

Ia ser meio chato, esquisito, nunca mais tinham se falado. Ligava, ele atendia, ela ia dizer o quê? Pedir que voltasse a cuidar dos negócios da família. E se ele não quisesse mais? Agradecia, desligava e... Não! Não podia desistir assim sem mais nem menos. Se ele se negasse, teria de insistir. Sempre foi ele quem cuidou de tudo! Então? Não era padrinho do Marcelo? Tomou coragem e ligou.

— Tia Carminha, é Cristina.

— Cristina, que voz é essa? Aconteceu alguma coisa?

— Mais ou menos. Eu precisava conversar com o tio Rui.

— Espera aí que eu vou chamar.

— Tia... Pergunta se ele pode vir aqui em casa. Eu precisava conversar pessoalmente.

— Vem você almoçar conosco. Acho menos complicado.

— Não dá, tia, eu não estou podendo sair.

— Cristina... Você sabe que seu tio não suporta esse tal de Cléber. Está até brigado com sua mãe por conta disso.

— O Cléber foi embora, tia.

— Ah, então Adriana botou esse homem daí para fora — disse Rui, que desde o início escutava na extensão. — Será que finalmente criou juízo?

Foi com esforço que a menina manteve sua docilidade. Não tinha escolha, precisava de ajuda.

— Ele fugiu, tio. Hoje, de madrugada.

— Eu sabia que isso ia acontecer. Avisei à sua mãe. Mas é cabeça-dura...

Os olhos de Cristina umedeceram. Horrível ver a mãe tão frágil, já desmontando, ser atacada friamente. Defendeu-a com jeito, tentando sensibilizar o tio.

— Ela está doente... Só vive deitada. Não tem ânimo nem para sair na rua, coitada.

— Coitada por quê? Se tivesse me escutado, nada disso teria acontecido. Mas é teimosa, desmiolada. Pode me esperar, Cristina, estou indo para aí agora.

Quando desligou, Rui ouviu repreensões da mulher.

— Você precisa ser mais comedido nas coisas que diz. Cristina só tem 14 anos.

— Ora, Carminha, enquanto estava tudo bem, me deixaram falando sozinho. Agora que o espertalhão foi embora, vêm correndo me procurar? Pois vão ouvir tudo que está entalado na minha garganta.

Cristina saiu um pouco no quintal, para sentir o ar, a claridade. Queria ser outra pessoa, em outra vida, em outro lugar. Depois tornou a entrar em casa e sentou no sofá para esperar o tio. Ficou balançando as mãos juntas, se dizendo: "Ele vai chegar logo, vai cuidar novamente da fazenda, da loja, como era antes. Mesmo que tenham sido vendidas, ele vai dar um jeito, vai dar um jeito, vai dar um jeito."

Rui explicou tudo à sobrinha. A situação era muito mais grave do que ela pensava.

— Seu pai se casou no regime de separação de bens e foi colocando o patrimônio no nome da sua mãe. Foi a única besteira que ele fez na vida.

— Tio... — tentou contê-lo com voz meiga.

Rui não se deixou sensibilizar. Continuou:

— Ele achava mais seguro. Podia arriscar nos negócios, que as propriedades estariam seguras no nome da Adriana. Coitado, nunca imaginou que sua mãe fosse... — Suspirou, balançando a cabeça.

— Tio, isso é coisa do passado, não adianta ficar remoendo — tentou Cristina novamente.

Mas Rui não tinha intenção de amenizar. Foi em frente:

— Quando seu pai morreu, você e Marcelo não tiveram direito a nada, porque tudo estava no nome da sua mãe. E sua mãe, como você sabe...

— Tio, vamos falar do que está acontecendo agora?

Foi com grosseria que ele respondeu:

— Eu já cheguei no presente, Cristina. Sua mãe se meteu com esse vigarista e botou tudo fora. Eu sabia que isso ia acontecer. Cansei de avisar.

— A mamãe não teve culpa. Até a mim ele enganou.

— Ah, essa é boa, sua mãe não teve culpa. Se tivesse me ouvido, nada disso estaria acontecendo.

Rui continuou falando, acusando, e Cristina preocupada que a mãe aparecesse ali na sala de repente e escutasse.

— Eu sei que você avisou. Tia Carminha também conversou comigo.

Vendo os olhos úmidos da sobrinha, Rui primeiro condescendeu:

— Você é menor de idade, não pode ser responsabilizada. — Depois atacou: — A única culpada é Adriana.

Continuou repetindo "eu sabia", "eu avisei", enquanto Cristina se arrependia de tê-lo chamado. Fez uma última tentativa.

— Tio, o que a gente vai fazer agora?

— Ah, essa é boa, o que a gente vai fazer... Nada! — desabafou Rui. — O vigarista foi muito competente. Convenceu sua mãe a vender os imóveis ao preço e a quem ele quis. Ela assinou as escrituras e recebeu o dinheiro no cartório, tudo direitinho dentro da lei. Como é que eu vou desfazer essa burrada? O que eu posso alegar? — Ele mesmo respondeu, levantando os ombros: — Nada!

— E o dinheiro que ela recebeu com as vendas?

— Dinheiro? — Rui deu uma risada. — Ela recebeu muito pouco, vendeu tudo barato. Quem comprou logicamente pagou ao vigarista por fora.

— Mesmo sendo pouco, já é alguma coisa.

— O dinheiro não existe mais. Foi usado na compra de um puro--sangue inglês.

— O cavalo que Cléber...

A voz falhou, não podia acreditar. Não, aquilo não estava acontecendo.

— O puro-sangue que sua mãe comprou num leilão — confirmou Rui.

O cavalo que tinha surgido como um sonho, virado uma promessa, depois um presente, agora era só um coice. Certeiro. Doído. Coice de um homem que ela e Marcelo chegaram a considerar como pai.

— Um absurdo — dizia Rui. — Era da fazenda que eu tirava o sustento de vocês. A loja rendia um aluguel certo todo dia trinta. Trocar essas duas propriedades, que ainda por cima valorizavam, por um cavalo! Tem hora que eu penso que sua mãe enlouqueceu. E agora, vocês vão viver de quê?

Cristina continha as lágrimas. Foi se odiando que lembrou de como ela e Marcelo tinham ficado felizes. Do jantar de comemoração. Do convite que fez a Cléber para dançar a valsa dos 15 anos.

— E se a gente vender o cavalo?

— Vender não, dar. O cavalo não vale nada. Já valeu, quando ganhava prêmios. Agora só serve pra criar despesa. Ração, tratador, aluguel de baia. Vai ser difícil arranjar quem queira.

Rui parecia realizado, soprando nuvens negras sufocantes na sobrinha. Cristina lembrou que um dia apanhou da mãe na frente de Marcelo. E que as risadas do irmão tinham doído mais que os tapas de

Adriana. Agora desconfiava que tio Rui por dentro dava risadas, e esse era o pior sofrimento.

— Pode deixar que eu arrumo um lugar para o cavalo.

— Cristina, presta bastante atenção no que eu vou dizer. O cavalo é o de menos, pode-se dar a um fazendeiro que tenha filhos, está resolvido. O que realmente me preocupa é como vocês vão sobreviver, onde vão morar...

— Também não é assim, tio. Nós temos esta casa.

— Hã, hã, hã. Se sua mãe não puder pagar o banco, vocês vão perder a casa também — soprou mais nuvens negras.

— A casa? Esta casa?!

— Uma coisa que até agora não entendi. Tive uma conversa séria com Adriana. Ela enxergou que o Cléber era vigarista, fez uma choradeira danada e prometeu que ia se livrar dele. Fiquei até com pena. Logo depois estava o homem morando com vocês, e ela a comprar cavalo, a fazer empréstimos, um monte de absurdos.

— Empréstimos?

— Carminha cansou de telefonar, sua mãe não atendia. E olha que elas sempre foram tão amigas!

— Que empréstimos são esses, tio Rui?

— Pergunte ao Cléber, seu grande amigo.

— Nós não vamos perder a nossa casa! — Cristina enfrentou o tio, como se isso adiantasse.

— Vão, sim. Sua mãe tomou um empréstimo no banco e deu esta casa em garantia. É claro que o Cléber pegou o dinheiro e... — Rui revirou a mão no ar, deixando a frase em suspenso. — Olha, não foi por falta de aviso!

Depois que Rui saiu, Cristina deu uma espiada na mãe. Achou-a mais fraca e magrinha. Trancou-se no quarto e chorou, ninguém podia dar jeito. O golpe de Cléber, a prepotência de Rui e o pai que nunca conheceu desciam pelas lágrimas da menina.

IV
Rio de Janeiro

Chico chegou em frente ao número 96 da rua Cinco de Julho, animado com a diária mais alta e a casa especial. Seu direito de ir e vir da praia estava guardadinho no envelope. Se continuasse com sorte, em poucas horas o imóvel seria alugado e ele terminaria a tarde pegando onda.

Virou a chave na fechadura e empurrou o portão. Deu um passo confiante, sem perceber que o portão retornava a toda velocidade. Foi atingido fortemente na cabeça e lançado de volta à calçada.

Levantou tonto, ajudado por um porteiro. Olhou a mão depois de passá-la no cabelo.

— Não, não está sangrando — disse o porteiro.

— Não sabia que tinha mola.

— Mola? — O porteiro riu.

Chico procurou pela chave. Na fechadura, não estava mais. Nem ali pelo chão.

— Droga! Acho que a chave caiu lá dentro.

— Você ainda quer entrar nessa casa, rapaz?

Chico sacudiu o portão para ver se abria.

— Não é por nada não — insistiu o porteiro —, mas sua testa já está inchando.

— Droga! Que azar! — reclamou Chico, apalpando a cabeça.

— Azar? Hum! Quer sentar um pouco lá na minha portaria?

— É uma boa, estou tonto, tonto.

Depois de acomodar Chico numa poltrona, o porteiro sumiu. Voltou trazendo gelo num saco plástico.

— Toma, rapaz. Encosta isso onde está doendo e deixa ficar. — Balançou a cabeça preocupado. — Madame Jaton, que Deus a tenha, sempre aprontando das suas.

Pouco depois, Chico devolveu o saco plástico, levantando-se.

— Obrigado pela força, meu irmão. Você sabe onde é que tem um chaveiro por aqui?

O porteiro olhou com ar incrédulo. Mas ensinou.

Em meia hora o portão estava aberto, e o envelope da diária mais fino. Chico pegou a chave que estava caída.

— Engraçado, o portão não tem mola — comentou com o porteiro.

— Mola? Que mola, rapaz? O portão foi empurrado em cima de você. — Arrependido, disse baixinho: — Cala-te boca!

Chico observou o pequeno pátio ladrilhado que conduzia à casa. A poeira cobria o chão por igual. Não havia marcas de pegadas. Andou em direção à casa, olhou para trás, confirmando que deixava um rastro. Não, ninguém esteve ali antes, o portão tinha batido com o vento.

A casa era grande e ricamente mobiliada. No salão do primeiro andar havia tapetes, quadros e até um piano. Os quartos ficavam no andar de cima. Chico abriu um dos armários. Estava entulhado de roupa.

Apesar de novato no ramo imobiliário, tinha noção dos preços. Fizera um treinamento, sabia avaliar. A casa era espremida entre dois edifícios, mesmo assim merecia aluguel superior ao que estava na ficha. Pelo menos três ou quatro vezes mais. Por aquele valor baixo ia ser fácil alugar.

Palmas no portão. Chegavam os primeiros candidatos. Um advogado com seus trinta anos e a mulher pouco mais nova, e grávida.

Chico cruzou os dedos, torcendo para que acontecesse alguma coisa. No prédio ao lado, também o porteiro cruzava os dedos, torcendo para que não acontecesse nada.

V

Campos

Cristina separava as roupas que levaria quando tivessem que deixar a casa.

Atenta a qualquer ruído que indicasse a chegada do irmão, ensaiava: "Marcelo, eu tenho um negócio muito chato para te dizer. Aconteceu uma coisa horrível. Nós perdemos... Nós perdemos tanta coisa, Marcelo. O que nosso pai deixou, tudo, tudo, nosso futuro. Nós perdemos tudo."

Descontrolada, Cristina não pôde continuar. Chorava aos soluços, com pena de si mesma. Depois com raiva, que aquilo não era jeito de falar com uma criança. Marcelo ia pensar que alguém tinha morrido.

Puxou uma camisa do cabide. Manga comprida, demorada de dobrar. Abotoou a frente, os punhos, o colarinho. Deitou a camisa na cama e alisou sem pressa no sentido do comprimento. As ideias foram desamassando na cabeça.

Cristina era assim. Se estava confusa por dentro, dava um jeito na confusão de fora. Arrumava o quarto, esvaziava gavetas e prateleiras, enchendo sacos e mais sacos de lixo. Limpava e organizava a estante dos livros, e se sentia melhor.

Dobrou a camisa várias vezes, cuidando para que a simetria ficasse perfeita. Tentou novamente: "Marcelo, senta aqui. O Cléber foi embora pra sempre. Nós vamos ter que dar nosso cavalo para o filho de um fazendeiro. Ah, não sei, qualquer um que goste de cavalo e tenha onde botar. Porque sim! Você sabe quanto custa o aluguel de uma baia? Tratador? Ração? Sabe?" Parou desanimada. Devia ter mais paciência com o irmão.

Olhou a pilha de roupa, calculando o espaço da mala. Abriu a sapateira, separou um tênis branco. "Marcelo, nós estamos na miséria, perdemos nossa fazenda, nossa loja. Eu sei, nós vendemos, mas o dinheiro foi tão pouco que já acabou. O Cléber não era tão bom quanto nós pensávamos. Ele causou tudo isso, nos roubou, até a casa nós vamos perder."

"A mamãe está doente, precisando da nossa ajuda. Está meio perturbada. E vai piorar quando souber que ele foi embora. É verdade, Marcelo, se você não acredita, pergunta ao tio Rui. Não sou maria vai com as outras, não. Eu vi que ele estava dopando a mamãe. Ela ficou fraca, e saiu assinando papéis sem saber nem o que eram. Mas isso tudo já passou, nós vamos dar um jeito, o importante é cada um ajudar no que for possível."

Ensaiando as explicações, Cristina foi se acalmando, se recompondo. Continuou dizendo a Marcelo o que ela própria precisava ouvir. "Chorar não adianta, não vai resolver o problema. Culpar a mamãe também não. Nós três fomos tapeados, entramos no jogo dele direitinho."

"Não adianta, Marcelo, eu já tentei. Não podemos contar nem com o tio Rui, nem com ninguém da família do papai. E eles têm certa razão. Avisaram. Nós não quisemos ouvir, azar o nosso. A vida é assim, Marcelo, cada um tem que assumir as suas burradas."

Tia Jussara

Era uma pena deixar o escarpim de verniz preto para trás. Só tinha usado uma vez! Olhou a montanha de roupas em cima da cama. Desistiu do escarpim. Equilibrando vários pares numa espécie de abraço, tentou fechar com o pé a sapateira.

O escarpim de verniz brilhava. Presente da tia Jussara. Mas a vida que teria pela frente não combinava com sapatos finos. Presente da tia Jussara. Cristina não conseguia tirar os olhos do escarpim. Tia Jussara, tia Jussara. Sim, claro, tia Jussara!

Abriu um pouco a boca, num quase sorriso, jogando os sapatos para cima. "Marcelo, encontrei uma saída para a gente", e balançou a cabeça, concordando consigo mesma. "Marcelo, Marcelinho, tudo vai dar certo!" Até o beijo que daria no irmão Cristina treinou, beijando o ar em meio a pulos de alegria. Jogou-se de costas na cama, derrubando a pilha de roupas.

Três coisas para fazer. Primeira, a saúde da mãe; segunda, conversar com o Marcelo; terceira, convocar tia Jussara. Trouxe o telefone para o quarto. Respirou fundo e discou.

— Tia Jussara? É Cristina. Tudo bem com você?

— Mais ou menos, aqui no Rio está fazendo um calorão. Pior é a rua cheia de bandidos, e uma sujeirada que Deus me livre! A gente não tem mais coragem de sair de casa. Tirando as freguesas que vêm aqui e o Antunes, meu vizinho de porta, minha vida é máquina de costura e televisão.

Como tia Jussara era chata! Mas que jeito?

— Olha, tia, isso não é nada perto do que eu tenho pra contar. Um negócio muito chato, uma coisa horrível que aconteceu. O Cléber...

E foi recitando o texto que, de tanto treinar, já estava quase decorado.

— Cristina! Cristina! — Adriana surgiu na porta do quarto.

— Tia — cochichou —, não posso mais falar. Mas vê se vem mesmo, nós estamos aqui te esperando.

— Sábado, se Deus quiser — confirmou Jussara, antes de desligar.

Adriana entrou no quarto da filha.

— Você viu o Cléber? — perguntou.

A menina puxou uma cadeira para a mãe sentar.

— O Cléber saiu.

Como a mãe não reagiu, foi além:

— Com duas malas.

Tomou coragem e completou:

— E não vai voltar.

Adriana custou a assimilar a informação. Por fim, perguntou:

— Para onde ele foi?

— Não sei, ele saiu sem se despedir. Acho que fugiu, não quis dizer para onde ia.

Olhos fixos na mãe, não percebeu Marcelo de pé junto à porta. Pegou as roupas e os sapatos do chão e formou nova pilha na cama.

— Essas roupas... Você também vai viajar? — perguntou Adriana.

— Se eu conseguir o que estou querendo, nós todos vamos viajar.

— Ah, é? — Adriana tinha um tom apatetado. — Para onde?

— Para o Rio. Vamos passar uns tempos na casa da tia Jussara.

— Oba! Oba! Oba! — berrou Marcelo, entrando no quarto aos pulos.

Cristina não chegou a dizer ao irmão o que tinha ensaiado, não foi preciso. Não adianta ensaiar a vida, porque a vida gosta de improvisar.

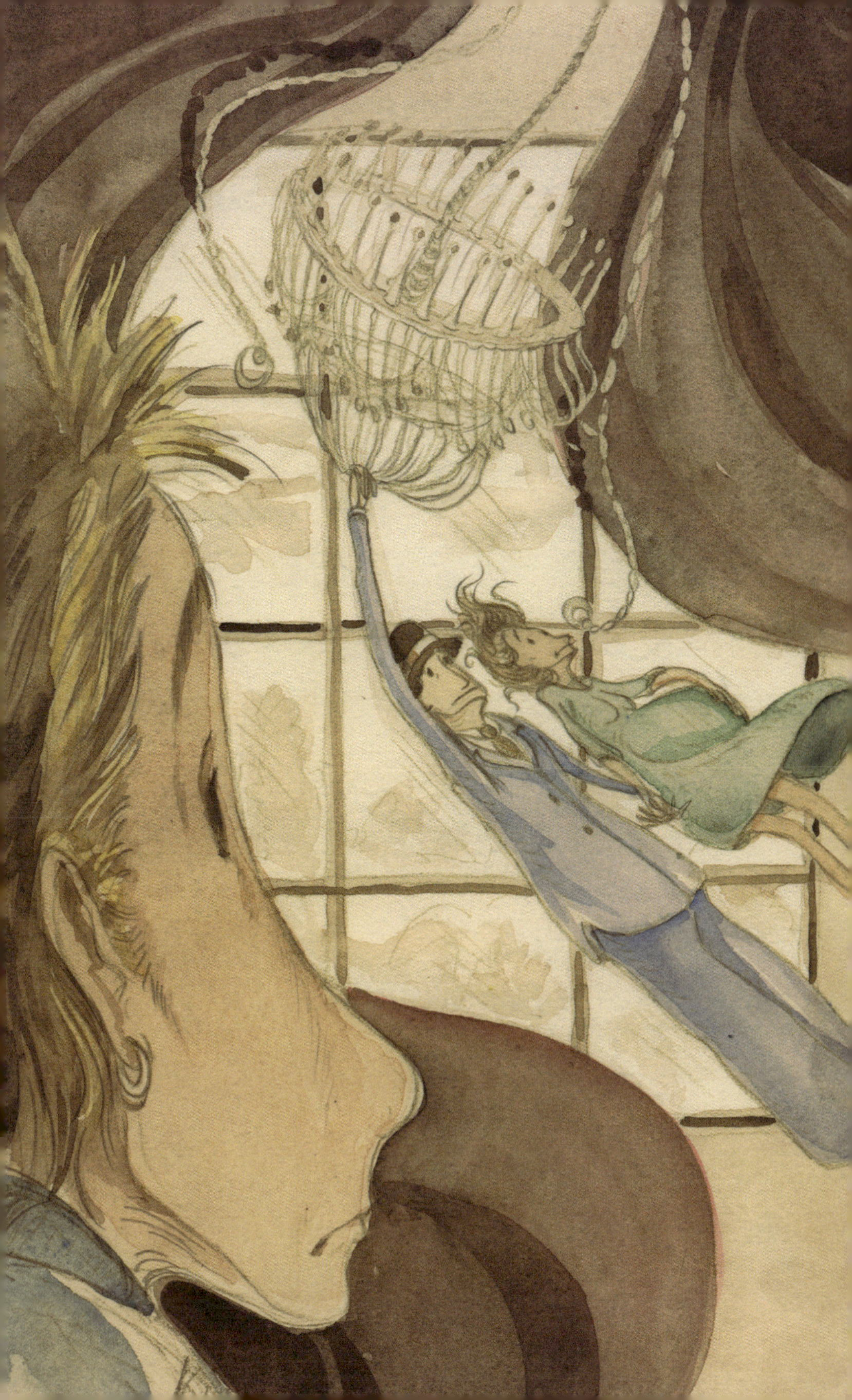

VI

Rio de Janeiro

Chico segurou o portão cuidadosamente, enquanto seus primeiros clientes entravam. Passou a mostrar o imóvel. Havia decorado dezenas de elogios durante o treinamento. Recitou os que tinham a ver com a casa.

— Acabamento de excelente qualidade, cozinha ampla, cômodos muito bem-distribuídos.

Na verdade, o que Chico mais treinou durante a semana foi o português. O gerente avisou bem: esse seu dialeto não funciona no mercado imobiliário. Aprendeu frases do tipo "Eu entro em contato com o senhor", decorou palavras difíceis, "postergar", "promitente", "rescindir". Estudou tanto, merecia praticar.

A grávida quis ver os quartos. Tinha mais dois filhos além do que estava para nascer.

Subiram ao segundo andar, Chico à frente.

— Este quarto está perfeito para o bebê. Voltado para a montanha, arejado e silencioso. E que vista! Vale a pena dar uma olhada.

Suspendeu o vidro inferior até que emparelhasse com o de cima, que era fixo. Abriu as borboletas de metal dos dois extremos da janela, para evitar que o vidro móvel descesse à posição original. Com um gesto, convidou o casal para apreciar a vista.

O advogado debruçou primeiro, depois veio a mulher. Comentaram sobre as plantas e o ar puro. Planejaram churrascos no quintal. A grávida coçava o barrigão, contando ao filho sobre os passarinhos que cantavam. Decidiram alugar a casa.

Chico, já pensando em surfar no final da tarde, não percebeu as borboletas de metal lentamente se fechando.

A janela despencou feito guilhotina no pescoço do casal. Uma pancada seca e depois os gritos da grávida arrancaram Chico da prancha, na crista da onda. Apavorado, correu para ajudar.

Segurou a janela por baixo e puxou. A janela não se moveu, parecia emperrada. Meteu então as mãos no vidro, fazendo pressão para cima. Mas suava tanto que as mãos escorregavam sem resultado. Um desespero ver os pescoços ali presos e não conseguir soltar.

Lembrou-se do filme que viu na televisão. As cabeças projetadas para fora podiam a qualquer momento tombar. Tornou a segurar a janela por baixo. Usou toda sua força. Toda, toda! E se as cabeças caíssem lá de cima, no meio das plantas, como no filme?

A grávida não parava de gritar. Seu barrigão arfava contra a parede.

Chico desceu as escadas de dois em dois degraus para buscar ajuda. Suava um oceano, o coração latejando na testa. Voltou segundos depois, rebocando o porteiro que o ajudara mais cedo. Chegaram a tempo de ver o advogado suspender a janela, sem o menor esforço, livrando o próprio pescoço e o da mulher. Ninguém estava ferido.

O porteiro tratou de se despedir, já que não era mais necessária a sua presença. O advogado se recompôs, olhando irado para Chico. Teria avançado se não fossem os gemidos da mulher.

— Taquicardia — avisou ela.

Chico pegou a ficha do imóvel para abanar.

— Estou suando frio, acho que é queda de pressão.

O advogado segurou firme os ombros da grávida, enquanto Chico, em pânico, acelerava o vaivém da ficha.

— Ai, acho que vou desmaiar. Estou tonta, sem ar.

— Calma, calma — disse o marido, deitando-a no chão.

Chico provocava uma ventania no rosto da mulher.

— Ai! Ai! — estrebuchou a grávida, de olhos fechados. — Começaram as contrações. Ai! Ai!

O rapaz largou a ficha, voltando ao dialeto.

— Que roubada! E agora, cara?

— Arranja um táxi, enquanto eu desço com ela. Temos que ir direto para o hospital. Nossos filhos são ligeiros para nascer.

Na rua Cinco de Julho raramente passava táxi. Pensando nisso, Chico disparou para a Barata Ribeiro, que era bem mais movimentada. A cabeça latejava. Deviam ser assim, as contrações da grávida.

Surgiu um Santana amarelo, duas portas. Chico não só fez sinal como se jogou na frente dele. O motorista parou, sem outra alternativa. Era português.

— És doido, és m'luco? Não admira o galo que já tens na testa.

Chico pulou dentro do carro.

— Estou no maior sufoco, cara! Entra aqui à direita.

O português obedeceu.

— Vira à direita outra vez. Ali, ali, para ali naquele bolo.

O bolo era formado pelo advogado que amparava a grávida, pelo porteiro e por mais alguns curiosos.

No que o motorista foi freando, o porteiro abriu a porta do táxi, o advogado projetou a mulher no banco traseiro, onde Chico estava, e entrou ao lado. O porteiro bateu a porta.

— Clínica São Benedito, na Barra da Tijuca — determinou o futuro pai.

O português arrancou. Tudo cronometrado, não dava quatro segundos. Chico não teve tempo de sair do carro. Quando se deu conta do que acontecia, viajava para a Barra da Tijuca, espremido pelo barrigão, sem a menor chance de modificar o seu destino.

Como a grávida gemesse o tempo todo, não ousou dizer nada, nem pedir para saltar.

Na altura de São Conrado, o advogado perguntou:

— Quem é madame Jaton?

— Madame Jaton? — Chico não sabia, mas tinha uma longínqua impressão de que o nome não lhe era totalmente desconhecido.

— Sim, quem é?

— Não sei, não conheço, mas acho que já ouvi falar.

— Aquele porteiro, que veio nos socorrer...

A grávida se contorceu, resmungando. Chico afundou no banco, fugindo do barrigão. O marido continuou:

— Ouvi o porteiro gritando: "Madame Jaton, isso não se faz, a senhora passou dos limites." Só que não havia ninguém na casa.

A grávida revirou o pescoço e gemeu, desta vez bem alto.

— Calma, meu bem, já estamos chegando.

Como os gemidos aumentassem, a conversa não prosseguiu.

O pior de tudo aconteceu na porta da clínica. O português parou o táxi, saltou, deu a volta e abriu a porta para os passageiros. O advogado saiu primeiro, ajudou a mulher a saltar, e, quando Chico conseguiu botar os pés fora do carro, não havia mais vestígios do casal. Teve, portanto, que arcar sozinho com o preço da corrida.

— Quanto deu?

O motorista olhou o taxímetro, puxou a tabela e leu o valor.

— Tudo isso?

O dinheiro do envelope era a conta certa. Não sobrava nem para a passagem de volta. Chico pechinchou, pediu desconto, mas o português olhou atravessado e não concordou. Chico pagou então a corrida, fazendo um último apelo:

— Pode me dar pelo menos uma caroninha de volta?

— És doido, és m'luco? Não admira o galo que já tens na testa — disse o taxista, manobrando o carro.

Com raiva, Chico amassou e arremessou o envelope vazio no meio da avenida das Américas, avenida larga, em frente ao hospital. Saiu andando sem rumo, desanimado. O dia tinha começado tão bem! Lembrou-se do pessoal olhando para ele na firma. Puseram mau-olhado, só podia ser. Não acreditava nessas coisas, mas havia outra explicação?

Andou por muito tempo sob o sol quente de novembro. A cabeça latejava sem parar. De vez em quando via passar um carro com pranchas no bagageiro, o que só servia para aumentar seu desânimo.

De repente ouviu uma freada.

— Como é que é, meu irmão?

Era Caveira, que voltava da Prainha com mais três surfistas. Chico pegou carona no carro cheio de amigos e contou os acontecimentos da manhã. Precisava desabafar.

Caveira custava a crer e toda hora interrompia o amigo:

— Tu, trabalhando? Começou cedão? É o dia inteiraço?

Em casa, seu Antunes estranhou.

— Já acabou o plantão?

Chico afastou o cabelo para expor o galo, mas não conseguiu impressionar o pai com sua história.

— Não é só com você que as coisas dão errado. Acontece comigo também. Acontece com todo mundo, para dizer a verdade.

Chico sacudiu a cabeça, feito galinha ciscando. Estava aborrecido, por isso abriu os braços e os soltou várias vezes, marchando parado.

— Pai, eu não dou para esse negócio de trabalho. Meu lance é outro.

Seu Antunes não se convenceu, e exigiu que Chico voltasse à imobiliária.

Chico atravessou o escritório, e sua testa funcionou como um ímã, atraindo olhares dos funcionários. O gerente falava ao telefone quando ele entrou.

— Está chegando aqui agora — sussurrou. — Ligo para você mais tarde.

Desligou o telefone.

— Até que enfim você apareceu, Chico! Me botou preocupado. Vários clientes ligaram para cá reclamando que foram ver a casa e não havia ninguém no local.

— Nem madame Jaton? — A pergunta saiu sem ter sido programada.

O gerente empalideceu.

— Quem é madame Jaton? — insistiu Chico.

O gerente ganhou tempo, com cara de quem não sabia.

— Madame Jaton?

De repente, pareceu se lembrar:

— Ah, madame Jaton. É a senhora que morava lá na casa. Uma francesa.

— Quando foi que ela se mudou?

— Tem mais de um ano, eu acho.

— Por que ela se mudou?

A resposta demorou a sair.

— Porque... Olha, eu não sei muito bem.

— Ela continua morando em Copacabana?

— Não! Madame Jaton viajou para a França, onde mora a filha dela.

Chico demonstrou alívio.

— É que outro dia eu vi um filme de uns velhos que estavam sendo expulsos da casa deles, porque o governo queria construir uma usina nuclear no local.

O gerente não disse nada. Chico foi em frente.

— Esses velhos aprontaram horrores para não sair. Como aconteceram umas coisas estranhas lá na casa, o porteiro falou nessa madame Jaton, e madame Jaton é nome de velha, de repente eu achei...

— Chico, o seu treinamento foi muito corrido, eu esqueci de ensinar uma coisa. O pior inimigo do corretor é o porteiro. Você quer se dar bem na profissão? Quer ganhar dinheiro? Não converse com porteiros. Afaste seus clientes dos porteiros. Eles são uma praga, pior que cupim para estragar os negócios.

— Esse até que foi legal comigo. Não deve estar sabendo que a velha se mudou para a França.

— Está sabendo, sim! — afirmou, e se arrependeu. — Quer dizer, não sei se está sabendo ou não. Aliás, isso não interessa, não vem ao caso. A partir de agora, ignore os porteiros.

— Tudo bem — concordou Chico, notando a irritação do outro.

Mas no fundo discordava. Não havia nada de errado com o porteiro do seu prédio, que conhecia desde pequeno.

O gerente bebeu um copo de água, que funcionou como uma poção milagrosa. Ao recolocar o copo na mesa, era um homem alegre, entusiasmado.

— Adivinha com quem eu estava falando quando você entrou?

Chico riu, balançando a cabeça.

— Não sei. Com quem?

— Com o dono da casa da Cinco de Julho. Ele quer alugar o mais rápido possível, mandou baixar o aluguel.

— Mais ainda?

O gerente debruçou sobre a mesa, segurou Chico pelo pulso e propôs nova charada:

— Adivinha o que mais ele disse.

— Não sei. O quê?

— Que vai dar um prêmio a quem arranjar o locatário. — Olhou para um lado e para o outro, continuou baixinho: — Já tem um pessoal interessado. São três irmãs riquíssimas que querem montar uma creche para crianças pobres. Tenho certeza de que vão alugar. Ficaram de ver a casa amanhã, às dez horas. Se você estiver lá para mostrar, o prêmio será seu.

Soltou o pulso do rapaz e se recostou de volta na cadeira.

Chico entendeu os olhares dos colegas. Era o corretor preferido do gerente, e isso causava raiva e inveja nos outros. Não podia fazer nada, não tinha culpa de ser eloquente, ter carisma e boa apresentação.

— Você disse que aconteceram coisas estranhas — provocou o assunto, morto de curiosidade, o gerente.

Chico contou o incidente da janela. Quando terminou, teve o pulso novamente agarrado pelo chefe, que lhe segredou:

— O papel do corretor é dizer sempre que o acabamento é de excelente qualidade, claro, mas a verdade é que essas construções são todas uma droga, usam material de quinta categoria. As janelas, feitas de madeira vagabunda, despencam, emperram... O que foi isso na sua testa?

Chico contou o incidente do portão, sua iniciativa de chamar o chaveiro.

— Por falar em chaveiro, com a confusão da grávida, nem sei onde foi que larguei as chaves da casa.

— Nós temos cópia aqui, não se preocupa, não.

— O pior é que... — Chico fazia esforço para se lembrar. — Acho que a casa ficou aberta.

— Não tem problema.

— E se roubarem alguma coisa? Os armários estão cheios, e tem os quadros, tapetes...

— Ninguém vai entrar lá — garantiu o gerente, levantando-se.

Entregou novas chaves e novo envelope a Chico, encaminhando-o à porta.

— Boa sorte, amigo. Amanhã às dez horas, hein! Se Deus quiser, vai dar tudo certo.

Pensou consigo: "Se Deus quiser, e se madame Jaton permitir."

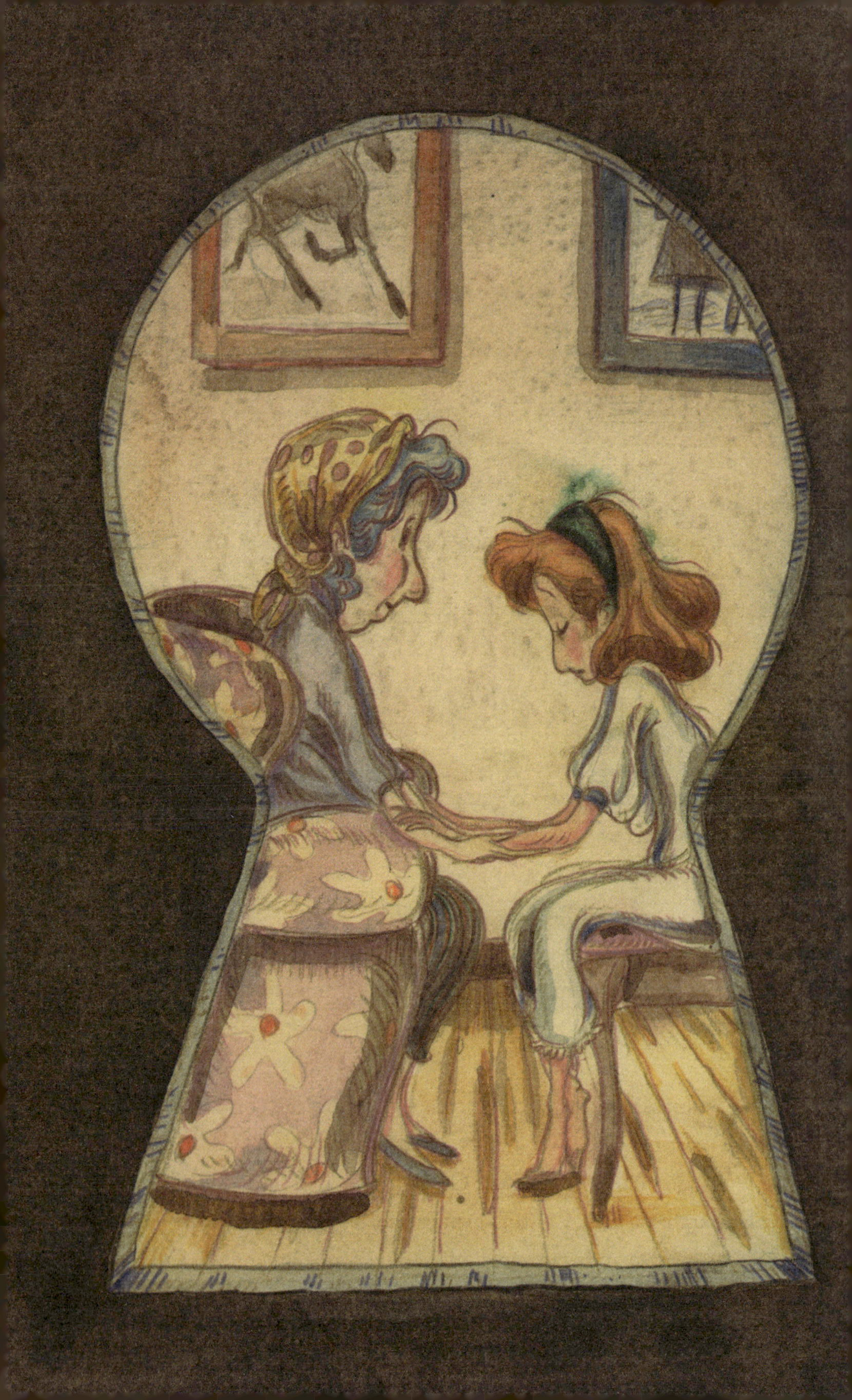

VII
Campos

Cristina abriu o portão e abraçou Jussara.

— Oi, tia, que bom que você veio.

— Imagina — disse, afastando a sobrinha. — Adriana é minha única irmã. Ela não está precisando de mim? Então, estou aqui.

Tirou três embrulhos de dentro de uma sacola e os entregou, um a um, a Cristina.

— Esse é do Dia da Criança, esse dos seus 15 anos.

— Mas eu nem fiz aniversário ainda.

— O presente já estava comprado, eu trouxe. E este, faz tempo que está guardado, nem sei, acho que é do último Natal.

— Puxa, obrigada!

— E Marcelo, onde anda?

— Foi passar o dia no clube com o tio Rui. Não contei que você vinha.

— Então guarda essa sacola. Os presentes aí dentro são dele.

Entraram na casa, Cristina explicando:

— A mamãe anda tão aérea! Não toma conhecimento de nada.

— É natural depois de uma desilusão. Você é muito nova para entender essas coisas.

— A situação está difícil...

Jussara ergueu a mão, interrompendo.

— Deixa, Cristina, que eu resolvo tudo com Adriana.

"Tomara!", pensou Cristina, apontando o corredor.

— Vai lá, tia. Ela está no quarto.

Jussara segurou o queixo da sobrinha, num gesto carinhoso.

— Você não confia em mim?

— Confio, claro — respondeu, forçando um sorriso, enquanto pensava que a tia era muito chata.

— Você pediu, eu vim. Quatro horas de viagem, todo o tempo rezando, pedindo a Deus que me protegesse. Você sabe, esses motoristas, uns loucos. E os assaltos no meio da estrada?

Muito, muito chata.

— Enfim, cheguei, estou aqui pronta para ajudar no que sua mãe quiser.

Seguiu pelo corredor.

Cristina despencou no sofá, sacudindo as mãos entrelaçadas. "Tomara! Tomara!"

Pouco depois foi à cozinha, ver como andavam os preparativos do almoço. Na véspera havia comprado alguns mantimentos. Bem poucos. Com o dinheiro que tia Carminha tinha dado.

Tia Carminha

Era uma tia legal. Tinha ordens de não ajudar, de não se meter, mas escondido ajudava, escondido se metia. Achou ótima a ideia de irem morar com Jussara.

— Campos cresceu muito, mas ainda é uma cidade pequena. O que um faz, todo mundo sabe e comenta. Você já tem idade para entender o que estou dizendo. No Rio, Adriana pode começar vida nova, aqui já ficou marcada.

— Tem o problema do colégio. As provas ainda nem começaram.

— Eu posso pedir que sejam antecipadas. Sem que seu tio saiba, é claro.

— Chegaram umas contas lá em casa, a mamãe nem abriu para ver. Estou apavorada. Nossa situação...

— Se eu te disser uma coisa, você jura que fica só entre nós duas?

Cristina confirmou com a cabeça.

— Rui acha que a casa de vocês vale mais do que a dívida no banco. E se for vendida logo, antes de ir a leilão, vocês podem conseguir um preço que dê para pagar o banco e ainda sobre dinheiro.

Os olhos da menina brilharam, saudando a boa notícia.

— Verdade? Por que ele não me falou isso?

— Ele diz que não vai ajudar sua mãe, para depois o Cléber voltar e... — Carminha abriu as mãos no ar. — Mas, se o dinheiro ficasse para você e para o Marcelo, ele ajudaria. Rui tem um gênio difícil, mas quer muito bem a vocês, se preocupa de verdade.

Depois de muito refletirem, encontraram uma solução. Carminha convenceria o marido a preparar um documento, que Cristina levaria para a mãe assinar. Rui venderia a casa, pagaria ao banco, e o dinheiro que restasse ficaria sob sua responsabilidade. Só seria gasto no interesse dos dois sobrinhos.

Na hora da despedida, tia Carminha tinha outra boa notícia.

— Seu presente de aniversário! — Entregou um cheque a Cristina. — Tinha pensado em te dar uma pulseira, mas... — E levantou os ombros, sem dizer mais nada.

E assim Cristina pagou as contas de luz e telefone e a mensalidade escolar, e ainda comprou alguns mantimentos. Bem poucos. Talvez na semana seguinte já se mudassem para o Rio. Se tia Jussara convidasse. Se a mãe entendesse que era preciso. Tomara! Tomara!

Cristina não aguentava mais esperar o resultado da conversa lá no quarto. Quando se deu conta, estava de ouvido colado na porta.

A mãe falava de Cléber. De Rui. Das desavenças. Coisas passadas. Cristina girou a maçaneta, mas a porta não cedeu. Forçou um pouco até perceber que estava trancada.

A empregada passou para arrumar a mesa do almoço. Cristina saiu do corredor, não queria ser flagrada. Perdeu sua mãe voando ligeiro por cima dos problemas reais, e pousando absoluta em Rui, maior culpado de toda a história.

— Foi ele que fez o Cléber ir embora.

— É, mas o Cléber vai voltar.

— Você acha?

— Ele se apegou às crianças. Ele gosta de você!

— Será mesmo que ele volta?

— Volta, claro! Mas, se você quiser saber com certeza, minha cartomante não falha. Ela diz até o dia e a hora.

A empregada bateu na porta.

— Dona Adriana, o almoço está servido.

Adriana e Jussara apareceram na sala, fizeram o prato e voltaram a se trancar.

Cristina almoçou sozinha. Ajudou a empregada a tirar a mesa, pegou um copo com água e um pacote de biscoitos e voltou ao sofá.

Queria estar no quarto da mãe, participando da conversa, mas não seria aceita. Era muito nova para entender certas coisas, a tia pensava assim. Não tia Carminha, que contava tudo a ela, e até se mancomunava, seu tio não podia saber, isso ficaria entre as duas. Era muito nova na cabeça da tia Jussara.

Bastava ver os presentes. Um deles, um estojo cheio de esconderijos. Gavetinhas camufladas que se abriam num passe de mágica. Teria adorado três anos atrás. Outro presente, uma borracha perfumada, também chegava atrasado. A fase de cheirar e colecionar quinquilharias faz tempo havia passado.

Para tapear a vontade de se meter no quarto da mãe, abriu o pacote de biscoitos. Fome nenhuma. Tirou um e botou na boca. Catou os farelos do chão, empilhou no cinzeiro. Fechou firmemente o pacote para o biscoito não amolecer. No minuto seguinte tornou a abrir o pacote, e tudo outra vez. Muitas vezes. Fome nenhuma. Sede também nenhuma, mas bebeu uns goles d'água. Assim o tempo passava, e talvez lá no quarto tia Jussara e a mãe já tivessem resolvido tudo.

Jussara era uma tia distante, rara, de presente acumulado. Nem chegou a conhecer o Cléber. Bom, pelo menos não ficava dizendo "Eu sabia, eu avisei". Mas será que ia mesmo ajudar? Tomara! Tomara! As mãos balançavam.

No final da tarde, a porta se abriu, dando passagem a uma Jussara apressada.

— Te cuida direitinho, minha irmã. Você vai sair dessa. Ligo assim que tiver a resposta da cartomante.

Cristina alcançou-a no portão.

— Tia!

— Ah, querida, tchau! Achei sua mãe muito bem. Se Deus quiser, tudo vai se resolver.

— Tia...

— Não esquece de entregar os presentes do Marcelo. Vou correr, senão perco o ônibus. Tchau, fica com Deus — gritou da esquina.

Cristina não se mexeu do portão. Tudo ia se resolver como? Estava chocada. Talvez fosse mesmo nova para entender certas coisas. Mas a tia, com toda aquela idade, não entendia era nada. Sentiu um enorme desamparo. Sem o convite de Jussara, acabava o sonho de sair de Campos e começar vida nova.

Na semana seguinte, fez com o irmão as provas do colégio e entraram de férias. Adriana assinou a procuração que dava poderes a Rui para vender a casa, pagar ao banco e administrar o dinheiro restante. Mesmo assim, Cristina se desesperava.

Tia Carminha havia alertado que a intenção da família Lemos era assumir as crianças e descartar a mãe.

— Não consegui fazer Rui mudar de ideia. Você e Marcelo estão garantidos. Já Adriana, só mesmo um milagre.

No último instante, aconteceu o milagre. Jussara telefonou.

— Adriana, a cartomante só consegue ver você e as crianças numa viagem demorada. As cartas só mostram isso, é uma coisa incrível, três baralhos diferentes.

— E o Cléber?

— Só depois dessa viagem.

— Ela deu certeza?

— Não, ela não viu o Cléber ainda. É um futuro de cada vez. Você tem que viajar para a viagem virar presente, ou passado, sei lá. Só aí é que as cartas vão mostrar o próximo futuro, entendeu?

— Viagem demorada?

— Demorada e com seus dois filhos. Acho melhor você cuidar logo disso.

— Jussara, eu não tenho condições no momento.

— Viaja com as crianças aqui para casa. E demora uns tempos.

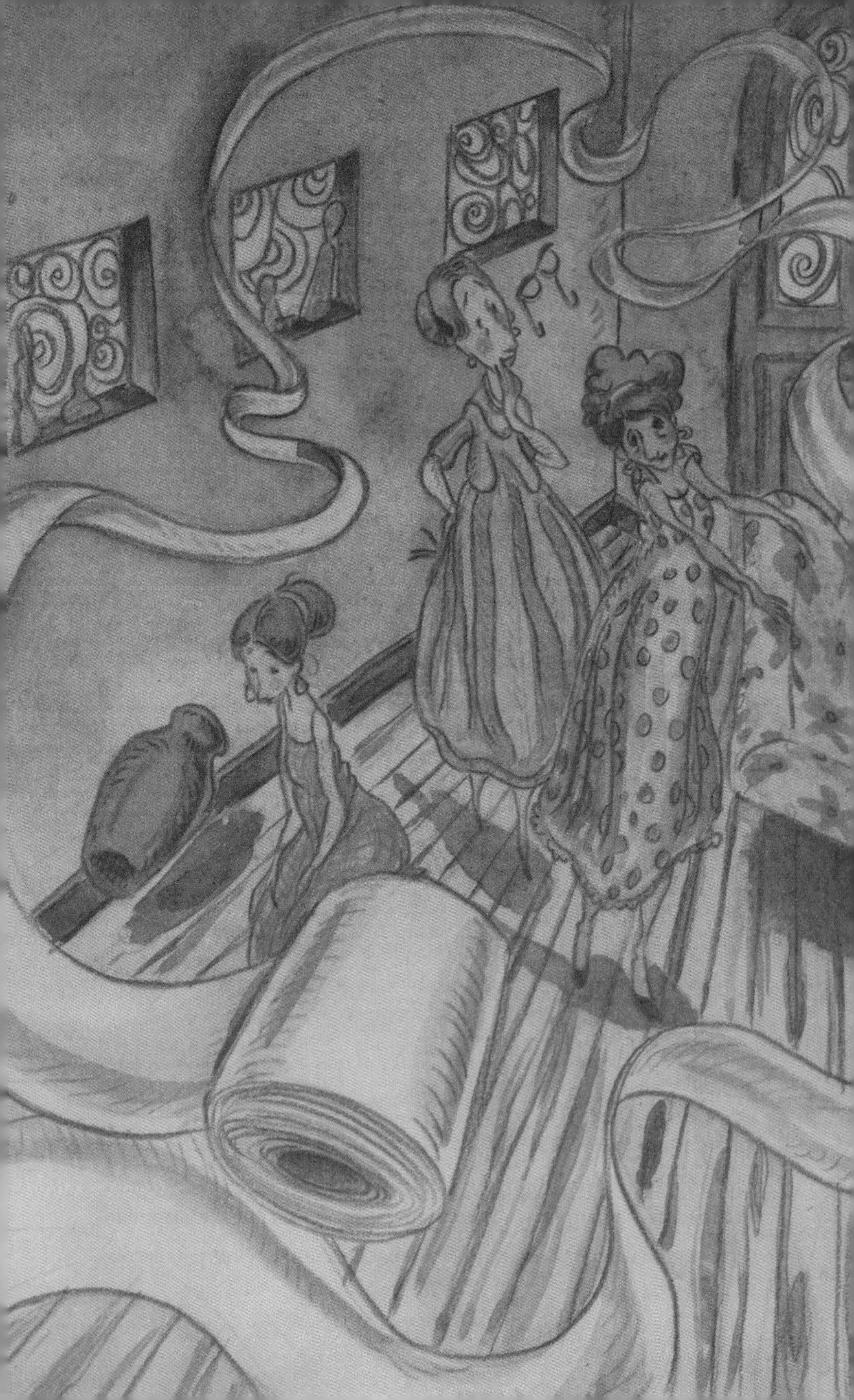

VIII

Rio de Janeiro

Domingo, às nove e meia da manhã, Chico saía do prédio quando ouviu a voz familiar.

— Como é que é, meu irmão?

Caveira o esperava de pé, junto a um carro estacionado. O sorriso era brincalhão.

Chico se aproximou. Lançou a mão ao encontro da mão de Caveira, que vinha com grande impulso. As duas mãos se chocaram e se prenderam no ar, para logo depois se afastarem.

— Tu tá bonito! — disse Caveira, com ar de deboche.

— Não deixam trabalhar de bermuda, cara. Corretor tem que ter boa apresentação.

— Tu não vai para Copacabana? Entra aí que eu te levo, quero ver como é que tu trabalha.

Chico deu a volta, entrou no carro. Caveira sentou ao volante e arrancou, explicando:

— Hoje madruguei, cara. Vi o céu nubladão, pensei que o mar tinha virado. Cheguei na Barra, só ondinha. O mar está um espelho, paradaço!

— Pelo menos não estou perdendo nada. No meu trabalho, não tem muito o que ver, mas, se você está a fim, vamos nessa.

Caveira estacionou o carro na rua Cinco de Julho. Quando saltaram, lá vinha o porteiro do prédio vizinho, com a mão na cabeça, gritando:

— Ô, rapaz, não esperava que você aparecesse mais por aqui.

— Não dá papo para ele não, Caveira — pediu Chico, correndo para abrir o portão.

Caveira correu atrás, sem entender. Mas já o porteiro estava ao lado deles.

— Ontem, o que veio de gente ver essa casa depois que você saiu!

Entraram rapidamente, e o porteiro ficou falando sozinho na calçada.

Atravessavam o pequeno pátio quando o galho de um arbusto balançou, roçando as costas de Caveira. O rapaz deu um pulo.

— O que foi isso?

— Isso o quê?

— Sei lá, senti um troço esbarrando em mim.

Do lado de fora, o porteiro ouvia tudo.

— Ah, madame Jaton! A senhora não é fácil!

Os dois amigos entraram na casa.

Um pressentimento repentino fez Chico dar um passo à frente e puxar Caveira. Em meio segundo, a porta batia a um milímetro deles, com um grande estrondo.

— Poxa! — riu Caveira, virando-se para trás. — Foi por pouco. — Deu uma volta pela sala e perguntou: — Onde é o banheiro, meu irmão?

— Ali — apontou Chico.

Pouco depois, Caveira apertou o botão na parede azulejada e viu cair dentro do vaso as peças cromadas da descarga. Além de desmontar, a descarga disparou.

O aguaceiro que descia fazia as peças baterem loucamente na garganta de louça. O barulho era ensurdecedor. Chico veio ver o que acontecia.

Caveira explicou o desastre, tentando pescar os cromados sem encostar a mão no vaso.

Nisso, ouviram a campainha.

— Se tranca aí dentro, finge que está usando, que eu vou atender — disse Chico.

Chico abriu o portão para três mulheres parecidíssimas, igualmente matronas, igualmente agitadas, igualmente míopes. Pretendiam alugar o imóvel para montar uma creche. Crianças pobres, órfãs, desamparadas.

— Eu sou Mara.

— Eu, Cora.

— Lira.

— Muito prazer! Meu nome é Francisco Jos...

Já não estavam ali para ouvir. Tinham se espalhado pela casa. Abriam gavetas, examinavam os quadros, em tudo remexiam. Como se procurassem algum objeto perdido que lhes pertencesse.

Chico tentava recitar as vantagens do imóvel. Perseguia uma, outra, mas ninguém queria ouvir. Queriam futucar com as próprias mãos, cheirar, lamber, testar.

Lira acendia e apagava os interruptores, conferindo o estado das instalações elétricas. Cora roçava a unha no avesso do tapete, analisando a firmeza da lã. Mara batia com as costas dos dedos nas madeiras. O som contava que eram maciças, e não hospedavam cupim.

Lira abriu o piano de cauda.

— Olha, Mara. Que maravilha!

Tirou os óculos, colocou-os sobre a oitava mais grave e correu os dedos pelo resto do teclado até o dó mais agudo. Recolheu as mãos.

— Afinadíssimo — disse às irmãs. — Vai servir para o coro da Cora.

A tampa do piano despencou.

— Meus óculos! — gritou Lira.

— Espatifados — disse Cora.

Chico se abaixou para catar os cacos.

— Eram novinhos, ganhei na lua de mel.

Mara provocou:

— Novinhos, Lira? Não delira.

— Ganhou de quem, Lira? Do gorila? — perguntou Cora, ao som das risadas de Mara.

— Solteironas! — xingou Lira.

— Desquitada! — responderam as outras duas a caminho da cozinha.

Chico ia segui-las, precisava desembuchar as vantagens do imóvel. Mas viu Lira tateando em volta, incapaz de dar dois passos, e se atrasou para escoltá-la.

Quando alcançou a cozinha com Lira, Mara e Cora já retornavam, decididas a conhecer o banheiro.

Chico disfarçou:

— Está ocupado agora. Vou mostrar o do andar de cima, que é exatamente igual.

As duas não se deixaram convencer, desconfiadas com o barulho ininterrupto da descarga. Sem outro jeito, Chico bateu na porta. Mas explicou que teriam que olhar dali. Não poderiam entrar, porque o faxineiro estava limpando. Tornou a bater.

Caveira abriu uma pequena fresta, e já Cora pressionava a porta com seu corpanzil, forçando passagem. Mara seguiu atrás. Chico não teve escolha, guiou Lira para dentro do banheiro.

O rolo de papel higiênico, escondido pelo vaso, começou a rodar no suporte.

— Eu preciso ver se o chuveiro presta para o banho das crianças — disse Cora.

A tira higiênica saía do rolo e escorregava discretamente pelo chão, se espalhando no caminho.

— Também quero ver o chuveiro.

— Sem óculos, Lira? Não delira — repreendeu Cora, avançando banheiro adentro.

Pisou em cheio no papel, e o pé deslizou sem rumo. Cora nadou em seco, lutando para não desabar. Caveira, muito ágil, tentou segurá-la. No vai não vai da queda, os óculos de Cora voaram na direção do vaso. Quicaram primeiro no assento, Caveira largou a mulher para tentar capturá-los. Chegou tarde. Cora se estatelou no chão, e os óculos desapareceram no redemoinho da privada.

Lira ouviu o barulho.

— Meu Deus! O que foi isso, Mara?

— Foi Cora que deu de cara.

— Cora, você não tem cura! Como é que cai e não se escora?

Caveira deu uma gargalhada. Chico tentou se controlar, enquanto guindava Cora. Custou a colocá-la de pé, perdia a força no sacolejo das risadas que escapavam.

O amigo olhava Chico e chorava, perdia o ar, engasgava. Achou que ia morrer, estourar. De tanto rir. As peças cromadas continuavam sua louca batucada. Teve certeza: se olhasse mais uma vez para Chico, molhava as calças. Saiu do banheiro desabalado, empurrando a imensa

Lira, que de pé junto à porta lhe obstruía a passagem. Tudo ao som atordoante da descarga.

Desembaraçando-se da cegueta na sala, Caveira correu para continuar seu acesso de riso na calçada. O porteiro surgiu puxando conversa.

Lá dentro, o joelho de Cora inchava. A muito custo, Chico e Mara conseguiram arrastá-la até a sala, pois mal podia andar. Sentaram-na no sofá.

— Ai, ai, ai, como dói. Vê se quebrei a perna. Quero meus óculos, não estou enxergando nada.

— Nem eu — disse Lira, perdida ali perto, num labirinto de móveis.

Chico foi resgatar Lira e sentou-a ao lado de Cora.

Mara aproveitou para subir a escada, queria vistoriar o segundo andar. Chico foi atrás.

Chegando à escada, ouviu um grito medonho. Subiu os degraus de par em par e encontrou Mara, petrificada diante de uma inofensiva escrivaninha. Os olhos dela cresciam, por trás das lentes grossas.

Um pequeno ruído vinha do móvel, de uma das gavetas abertas por Mara. Aproveitando que a mulher tinha parado, Chico pensava em proclamar as vantagens do imóvel, quando algo vivo chamou sua atenção.

Ratos, muitos, uma família, uma tribo, um mundo de camundongos, empinando na gaveta, sacudindo as patinhas, se atropelando, querendo sair. Chiavam, grunhiam, rosnavam na direção de Mara. Quando o primeiro pulou para o chão, a mulher desencantou e disparou aos berros:

— Socorro! Socorro!

As outras irmãs, em tudo parecidas, adivinharam o roedor, única força no mundo capaz de assustá-las. E também se puseram a gritar.

Mara desceu as escadas, seguida por Chico e pelo exército roedor.

Cora e Lira entraram em pânico, sem óculos, não podiam fugir, subiram no sofá. E tanto sapatearam e espernearam neurastênicas que o móvel não aguentou.

Ao passar pela sala, Mara viu o sofá derrubado e as irmãs estiradas no chão. Parou aflita e foi alcançada. Sacudiu-se histérica, voaram os óculos, que se espatifaram, e caiu desmaiada.

Caveira ainda se dobrava de rir, lá fora na calçada, quando começaram os gritos. Quis ajudar, mas o portão estava travado. O porteiro correu para a esquina onde sempre havia guardas. Voltou com dois policiais armados e sedentos de ação. O portão estalou e se abriu, dando passagem aos policiais que flagraram Chico de joelhos, com a mão enfiada no decote de Mara.

Um deles gritou:

— Para quieto ou morre aqui mesmo!

O outro foi vasculhar a casa e voltou com a notícia de que havia mais dois corpos de mulher, caídos no chão. Expulsou o porteiro e Caveira do local, sem ouvir explicações, pois tinha que preservar a cena do crime. Chamou a radiopatrulha e uma ambulância.

Vendo a arma apontada em sua direção, Chico começou a tremer. O policial balançava a cabeça, enojado.

— Que vergonha, atacar três senhoras desse jeito!

— Não, não é o que...

— Cala a boca! — berrou o outro guarda. — Solta a senhora e vai levantando devagar.

Os ratos haviam fugido depois do desmaio de Mara. Só um filhotinho se desgarrou e, acuado, procurou refúgio na roupa da mulher. Era esse camundongo que Chico procurava quando os dois policiais chegaram.

Obedecendo à ordem do guarda, Chico deslizou a mão para fora da blusa de Mara. Já ia se levantar quando sentiu a ferroada. Gritou de susto e dor, sacolejando o braço. Ouviu dois tiros e mais nada. Os policiais não chegaram a ver que na ponta do dedo de Chico o camundonguinho se pendurava.

Nesse momento dois noivos chegavam ao portão para ver a casa.

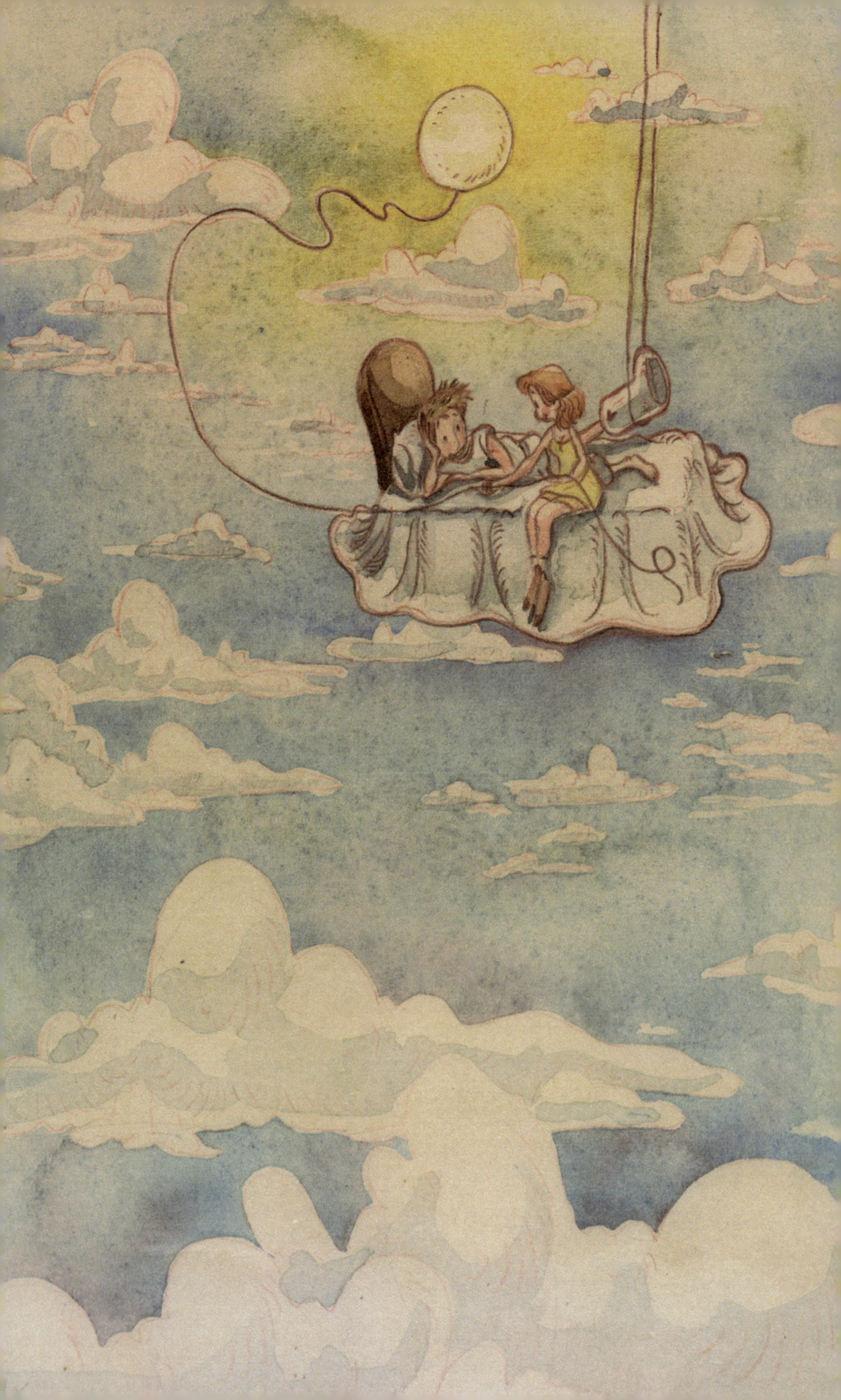

IX

Segredos

No dia em que Adriana, Marcelo e Cristina chegaram de Campos, tão logo entraram no apartamento conheceram o vizinho, Antunes. Jussara, animadíssima, tinha ido buscá-lo para mostrar a sobrinha fabulosa, Cristina, perfeita para namorar Chico. Disse ainda sem rodeios que Chico, com 18 anos e já trabalhando, era um partido ótimo para Cristina.

Perplexa com a atitude da tia, a menina não conseguiu evitar o pior. Deixou-se levar ao apartamento vizinho, mais precisamente ao quarto do rapaz. Arregalou os olhos quando viu Chico, imobilizado na cama, engessado da cintura aos pés.

— Nossa! — disse, num reflexo.

— Ele levou dois tiros — contou Jussara. — Foi confundido com um bandido.

— Dois tiros?

— Todos os dois na coxa — explicou seu Antunes. — Um só pegou de raspão, o outro atingiu o osso.

— Nossa!

— Ele foi operado, já está bem. O gesso é só para impedir que fique mexendo a perna.

Antes que Antunes prosseguisse com seus esclarecimentos ortopédicos, Jussara fez as apresentações:

— Chico, Cristina; Cristina, Chico.

Lançou olhares mais penetrantes que as flechas do Cupido e saiu, empurrando seu Antunes para fora do quarto.

O clima pesou. Os dois, envergonhados e mudos, pareciam uma foto, de tão inertes. O tempo foi passando. Ele tamborilava os dedos na lateral da cama, olhando o teto. Refreado pelo gesso, não podia gingar com o corpo, andar parado, no seu jeito característico. Ela girava uma pulseira no braço, devagar. O máximo que ousou foi dar três passos e se sentar. Pensava desesperadamente numa frase para dizer, num assunto para conversar, tinha medo de parecer infantil ou provinciana.

Até que, de repente, disparou:

— Tia Jussara é meio louca, não é, não?

— Meio? É completamente pirada.

— E chata.

— Muito chata!

E assim começou um grande entendimento. Um contava um disparate de Jussara, riam, o outro emendava com uma chatice, tornavam a rir e a lembrar mais fatos.

É incrível como a maledicência cria laços de confiança entre duas pessoas. Não há nada mais fácil de partilhar que os defeitos alheios. E os defeitos de Jussara viraram segredos que só os dois partilhavam.

Daí por diante, Cristina ia ver o vizinho acamado todos os dias. Conversavam muito, e Chico aos poucos foi se inteirando de tudo. De Cléber, do tio Rui, das perdas, das dívidas, da viagem demorada. Depois que Cristina saía, Chico imaginava a criança lourinha e ficava inventando nomes, Frantina, Francris, Francistino, até se convencer de que o melhor era mesmo Praiamar ou Praiamara.

Cristina se sobressaltava com as visitas da tia à cartomante. Pedia para acompanhá-la, mas era muito nova para saber certas coisas, não podia. Sabia que o que a mulher dissesse, Jussara faria. Temia que as cartas mandassem Adriana voltar para Campos, procurar Cléber, ou outra maluquice qualquer.

Por sorte, à noite, Jussara contava tudo a seu Antunes. Chico escutava do seu quarto, e, na primeira oportunidade, informava Cristina. Omitia a parte em que as cartas mostravam que iam namorar e casar. Mas essa parte a menina sabia.

A cartomante tinha avisado que o casamento dos dois era destino. Jussara pedia sempre confirmação, depois comentava em casa:

— Não consegui o pai, mas Cristina vai casar com o filho.

O dia a dia

Jussara morava na avenida mais movimentada do Grajaú. O apartamento era pequeno, um quarto para dormir, outro para costurar, e a sala para receber as freguesas. Nunca tinha hospedado ninguém. Nem mesmo Adriana, que quando veraneava no Rio preferia se instalar perto da praia.

Agora estava uma confusão, toda manhã a casa redecorada. A máquina de costura vinha para a sala, o sofá passava ao quarto, os armários eram arrastados de uma parede à outra, mas o apartamento não crescia.

À tarde, chegavam as freguesas. Ocupavam a casa inteira. Despiam-se na sala, num quarto provavam as roupas, no outro havia o espelho em que se olhavam.

Marcelo, homem, não podia aparecer. Era enfiado no banheiro.

Durante o aperta-mais-aqui, sobe-a-cintura, desce-a-bainha, o menino esperava, impaciente. Quando ouvia o pronto-pode-tirar, se punha de pé junto da porta, prevendo a liberdade.

Mas Jussara emendava uma fofoca, ouvia confidências, indicava a cartomante. Sem pressa, sem urgência.

Restava ao menino fechar o armário da pia com força, ligar o chuveiro. Lembrar à tia que estava preso ali dentro, talvez mexendo nos perfumes, ou gastando água à toa. Funcionava: a freguesa era despachada, e ele, liberado.

Mas Jussara se irritava. Nunca tinha tido filhos, nada entendia de criança. Curtia a companhia da irmã, dos sobrinhos andava cheia. Principalmente de Marcelo.

Adriana passava o dia dentro de casa, alinhavando, cosendo, caseando, alheia ao resto do mundo. Em solteira, costurava melhor e mais ligeiro que Jussara.

Enfiava Cléber na agulha e costurava o pano. Cléber ao sabor dos dedos dela, subindo à tona, mergulhando. Às vezes Jussara pedia que desmanchasse uma costura, e Adriana desmanchava Cléber. Metia a tesoura, cortava, depois sacudia os fiapos na lata de lixo. Alguns fiapinhos de Cléber ficavam no pano. Adriana puxava um por um, eles grudavam nos dedos. Ela então esticava o braço, batia as mãos, até que Cléber se desprendesse totalmente de sua pele e caísse no chão.

Cristina via aquilo e chorava.

— Que bobagem, menina! Sua mãe está comendo bem, dormindo bem, forte, bem-disposta.

— Eu sei, tia Jussara, mas ela fala sozinha, feito gente desequilibrada.

— O que que tem falar sozinha? Eu também falo.

— Mas ela não sai, não ri, não conversa, só faz trabalhar.

— Está reclamando de quê? Estamos ganhando um dinheirão, e vamos ganhar muito mais com as encomendas de vestido de noiva que estão aparecendo.

O véu da noiva

A freguesa chegou com a mãe. Marcelo no banheiro.

Provou o vestido de noiva, a mãe exigiu mil reparos. Marcelo batucava a pia.

Jussara encheu a boca de alfinetes e foi espetando um a um, mudando todo o feitio. Marcelo manejava o chafariz do bidê.

A noiva tirou o vestido e experimentou o véu. Assim, transparente, andou pela sala, pelo quarto de costura, pelo quarto do espelho. Marcelo lambuzava o rosto com as pinturas da tia.

A mãe da noiva resolveu fazer xixi. Aquilo virou um drama na cabeça de Jussara. Onde enfiar Marcelo?

— Está muito apertada?

Estava.

— Não dá pra esperar?

Não dava.

Jussara não teve outra saída: desobstruiu o banheiro, empurrando Marcelo para fora de casa. Para que não visse as transparências da noiva, tampou-lhe o rosto com as mãos e mandou que esperasse quieto, ali no hall do elevador.

Resolvido o dilema do xixi, voltou ligeira ao véu. Foi pegando a tule branquinha e deixando impressões digitais multicoloridas. Quando percebeu, o estrago já estava feito.

Sua primeira reação foi olhar as próprias mãos. Estavam borrocadas. Não entendeu de quê. A reação seguinte foi cheirá-las. Reconheceu o cheiro. Cheiro do seu rosto quando se maquiava para ir à casa de Antunes. Foi então que identificou as manchas no véu: batom vermelho, rímel preto, sombra lilás. Batom, rímel e sombra que deviam estar na pele de Marcelo, quando há um minuto o segurou.

No elevador, chegando da rua, Cristina ouviu os grunhidos irados de Jussara. Entrou correndo em casa, salvou Marcelo das garras da tia e foi pro tanque lavar o véu. Carregou junto o irmão.

— Parece um índio pintado pra guerra! Vai, limpa esse rosto. E não faz mais isso não!

As freguesas foram embora. Jussara se trancou num dos quartos. No outro, alheia a tudo, Adriana pregava um botão.

Pregava Cléber no pano, murmurando:

— Fica aqui direitinho. Não sai, que eu não deixo. Por que você fugiu de mim, hein?

E mais uma vez foi pensando o porquê. Porque não gostava dela, só queria seu dinheiro. Agora devia estar à cata de outra viúva rica e trouxa, para enganar. Rui e Carminha tinham razão: o Cléber não passava de um vigarista, um golpista profissional.

O botão tinha dois buraquinhos por onde a agulha devia passar. Os buraquinhos viraram os olhos de Cléber e foram espetados com força, com gana, com raiva. Por fim, estavam tão cheios de linha que a agulha não conseguia mais atravessar.

As costureiras caprichosas costumam rodar a linha várias vezes num espaço pequenino entre o pano e o botão. Depois disso, dão um nó cego, e o serviço está terminado.

Adriana, caprichando na decisão de esquecer Cléber de vez, rodou a linha com vontade, apertando o pescoço dele, enforcando, degolando. Rodou a linha até sentir que ele não se mexia, não respirava, não existia mais. Deu um nó cego, cortou a linha no dente, largou o pano de lado e começou a chorar.

Chorava de vergonha. Cléber só fez o que fez porque ela tinha deixado.

Cristina vinha voltando do tanque com Marcelo pela mão. O véu tinha ficado no varal. Adriana abriu os braços para os filhos, sem esconder sua tristeza. Cristina correu para abraçá-la, Marcelo ficou meio de lado, sem graça.

— Mãe, você está chorando? — perguntou a menina.

— Estou, filha.

— Por quê? O que foi?

— Tanta coisa, filha — foi só o que conseguiu dizer, limpando os olhos com as costas das mãos.

— Cristina, me atravessa pra eu ir na sorveteria? — Marcelo queria escapar dali.

— Agora não dá. Depois.

— Eu quero agora!

— Eu levo você, Marcelo. Onde é?

O menino ficou desconcertado. Nos últimos tempos, Adriana andava tão omissa, tão distante, que ele já se dirigia diretamente a Cristina, como se ela fosse a mãe.

Cristina estranhou que a mãe quisesse sair, assim, de repente.

— Então vamos todos — sugeriu.

No hall do elevador, encontraram seu Antunes, carregado de cerveja e refrigerantes.

— Estou me preparando para a luta de boxe. Decisão do título mundial dos pesos pesados.

Cristina o ajudou a abrir a porta do apartamento.

— É hoje, é? — fingiu interesse.

— Sua tia vai assistir aqui em casa. Vem com ela e faz companhia ao Chico.

— Venho sim, seu Antunes. Ele está melhor?

— Quase bom. Amanhã tira o gesso e na próxima semana volta ao trabalho.

Despediram-se de seu Antunes e entraram no elevador. Cristina afagou a cabeça do irmão, feliz com o convite.

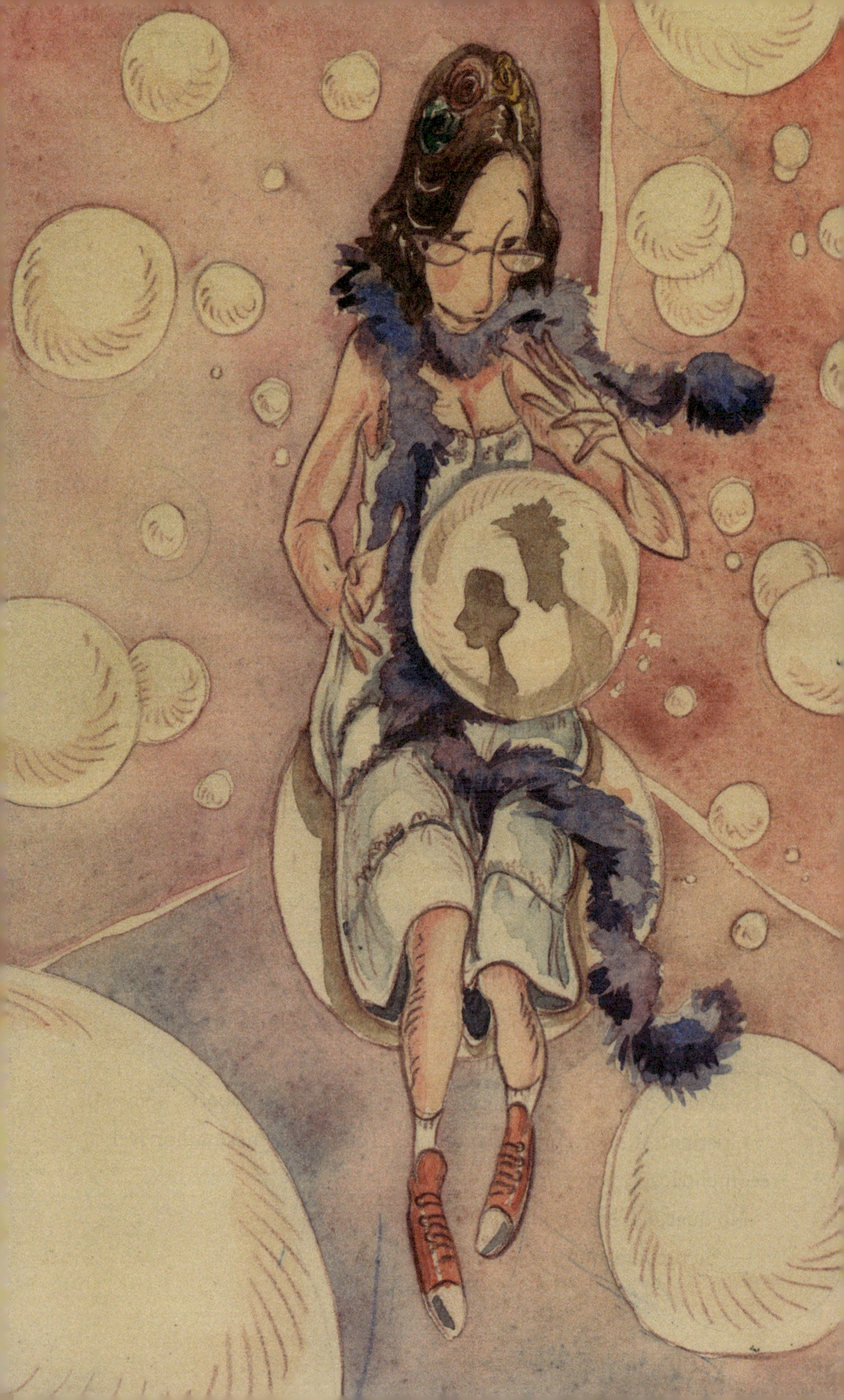

X
A CARTOMANTE

Jussara saiu do quarto emburrada e partiu para o apartamento vizinho. Meia hora depois, seu Antunes chamava Cristina para assistir à luta.

A menina sentou na sala em silêncio, a luta já começava. Manteve a cabeça direcionada para a televisão, mas, como detestava violência, desviou os olhos um pouco para cima.

A decisão do título não durou três minutos. Um dos brutamontes caiu com um soco e não se levantou mais. Jussara torceu, gritou, xingou. Quando teve certeza de que seu desafeto estava bem desmaiado, deu pulos de alegria. E aí voltou a falar normalmente com a sobrinha.

Ou porque quisesse ficar a sós com Antunes ou para apressar o destino, sugeriu:

— Vai lá conversar com o Chico. Mas deixa a porta aberta, hein?

Cristina foi, morrendo de vergonha. Toda vez a mesma horrível recomendação.

No quarto, Chico tinha muito o que contar.

— Se prepara, que a coisa está feia.

— Meu Deus, a cartomante...?

— Não, essa continua enrolando, que as cartas não revelam nada, só a viagem.

— O que foi, então?

— Sua tia disse ao meu pai que não aguenta mais a confusão dentro de casa. Que está só esperando sua mãe melhorar um pouco pra mandar vocês embora.

— Chico, estou perdida. Mamãe teve uma melhora enorme hoje à tarde. Está triste, chorando sem parar, mas acho que voltou ao normal.

— Jussara está na maior bronca com você.

— Comigo?

— Disse que você anda muito autossuficiente, que não segue os conselhos dela.

— Eu? Que conselhos?

Chico hesitou:

— Ela disse que você entra e sai de casa sem dar satisfação. Daqui a pouco vai ficar falada.

— Mas é completamente louca!

— Que o Marcelo é insuportável, e você protege tudo de errado que ele faz.

— Protejo mesmo, ele é criança! E o que mais?

— Foi só isso que ela disse.

— E que conselhos são esses que eu não sigo?

Chico titubeou, baixando os olhos. Vergou o corpo para frente, fazendo cara de dor, e segurou a mão de Cristina.

— É que ela e a cartomante acham que a gente devia namorar. Mas você não quer, porque me considera um criança.

— Ai, como tia Jussara inventa!

Cristina sabia que Chico sabia que não era invenção. Só não sabia se tirava logo a mão da de Chico, ou se ia deixando mais e mais. Seus olhos encontraram a boca dele e não conseguiram mais se desviar. Vontade de dar um beijo. A boca... Um beijo... Ouviu a voz de Chico:

— Eu tenho pensado muito em você.

Cristina não teve coragem para o beijo, mas chegou sua cadeira à frente, para continuar de mão dada sem que ele sentisse dor.

Chico recostou no travesseiro, preparando-se para mais revelações:

— Meu pai disse pra sua tia que eu ia amadurecer com o trabalho, ia deixar de ser... isso que você pensa de mim.

— Eu não penso nada do que a tia Jussara falou, juro!

Estava sendo sincera. Tinha pensado, mas agora não pensava mais.

— Ela disse também que você era petulante.

— Petulante, eu?

— Disse assim mesmo, petulante. Aí o velho Antunes mandou que ela fizesse as pazes com você, e foi te chamar para assistir à luta.

Chico começou a passear a mão pelo braço de Cristina.

— Falei de você pro Caveira, aquele meu amigo.

Um arrepio diferente nos pelos do braço, umas vontades diferentes que desciam pela espinha faziam Cristina querer fugir e, ao mesmo tempo, ficar ali para sempre.

— Que bom que amanhã você está livre disso — apontou o gesso no quadril de Chico.

— Hum... — Chico sacudiu a cabeça, como se espantasse um pensamento ruim.

Cristina percebeu:

— O que foi?

— Nada.

— Medo de não ficar completamente bom?

— Ao contrário, estou com medo é de ficar bom.

— O que é isso, Chico? Não diz bobagem.

— Você não sabe de nada, Cristina. Estou no maior sufoco.

— Sufoco, você? Conta!

— Se eu voltar ao trabalho, vai acontecer uma tragédia, posso até morrer. A coisa é séria, muito séria. Tentei falar com meu pai, ele não acredita.

— Falar o quê? Que coisa séria é essa?

— O meu trabalho, Cristina. Tenho que mostrar uma casa... uma casa... — Sacudiu novamente a cabeça, para o pensamento ruim não pousar. Suspirou.

— Diz, Chico, uma casa o quê?

— Não adianta, você não vai acreditar. É uma história muito louca.

— Que história louca? — perguntou Jussara, entrando de supetão no quarto.

Olhou discretamente as mãos entrelaçadas sem deixar transparecer seu entusiasmo. Entusiasmo e preocupação, porque, agora que os dois estavam namorando, Cristina corria o risco de se perder. Precisava mantê-los sob vigilância cerrada.

Chico se assustou com a entrada repentina da vizinha, mas logo recobrou a calma. Disfarçou:

— Estava contando um filme que passou na televisão.

— Hum! Vamos embora, Cristina?

A menina soltou a mão de Chico e se levantou. Despediu-se com os olhos, foi saindo.

— Cristina! — chamou ele. — Lembrei o nome do filme.

Ela parou para ouvir.

— Casa mal-assombrada.

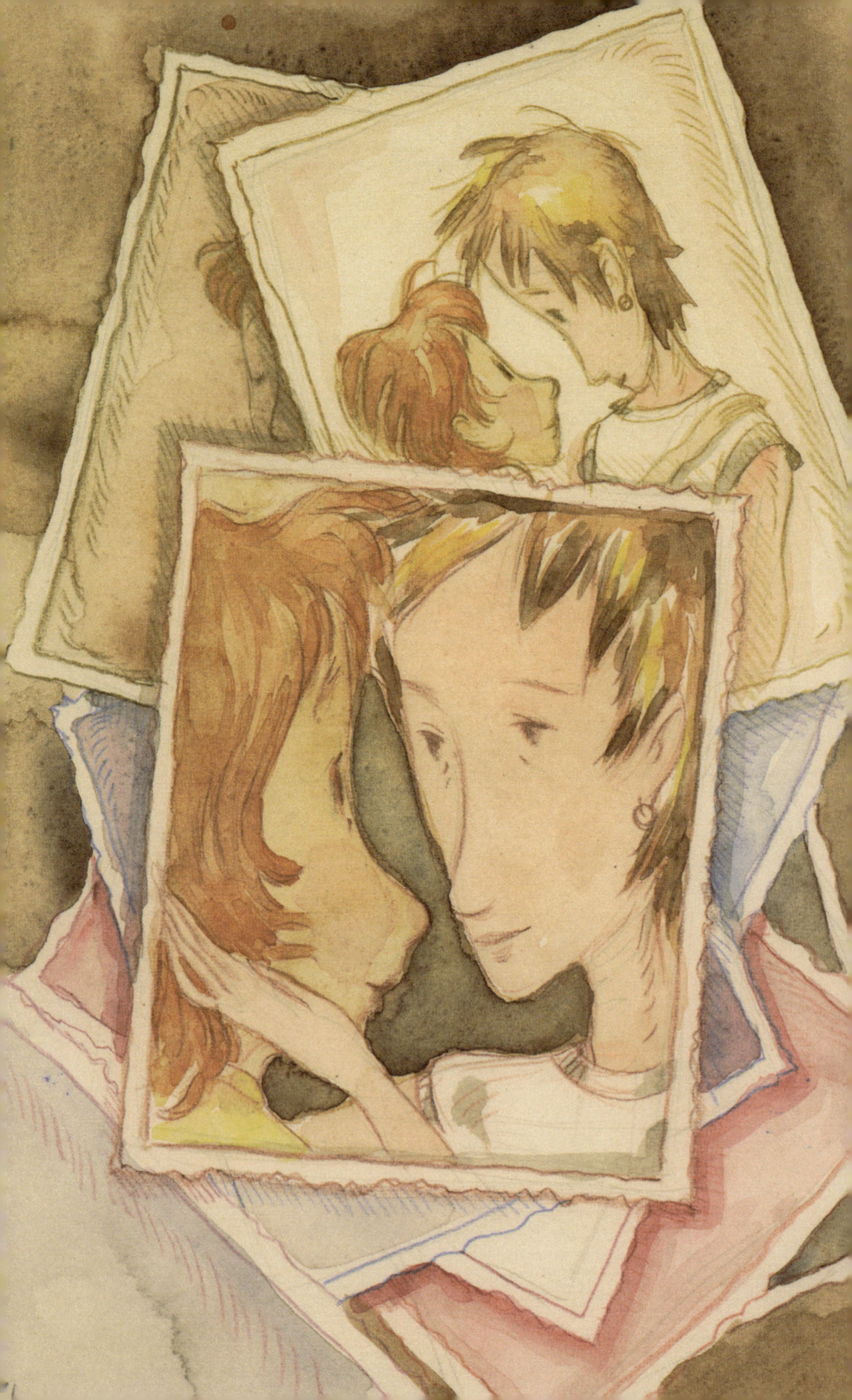

XI
Terreno perigoso

Cristina rolava na cama, incapaz de pegar no sono. Não pensava no colégio que precisava arranjar para ela e Marcelo estudarem no próximo ano. Não calculava o tempo que ainda poderiam abusar da hospitalidade da tia Jussara. A cartomante, que ela imaginava de nariz comprido e pontiagudo, unhas afiadas, chapéu preto e vassoura, dividindo a casa com morcegos e ratos, era como se nem existisse. A cartomante, que tinha lugar cativo nas preocupações da menina, estava esquecida. Também não eram as finanças da família que deixavam Cristina insone.

Era a mão de Chico passeando no seu braço.

Cristina rolava para um lado, lembrando a boca que às vezes se contraía de dor. Apertava o travesseiro, ouvindo a voz dele, "Tenho pensado muito em você". Quando rolava de volta, tia Jussara havia chegado para atrapalhar tudo.

Será que estavam namorando? E se ele tirasse o gesso e sumisse? Tão bom ele de cama e ela visitando todos os dias. Não, não podia pensar assim, coitado!

A casa mal-assombrada seria um bom motivo para procurá-lo, caso sumisse. Queria saber que história era aquela.

Passou a manhã na janela. Viu o carro de seu Antunes sair da garagem, Chico ia dentro. Quase meio-dia, e o carro não voltava.

Adriana e Jussara costuravam. Marcelo dava petelecos numa bola de gude, que corria pelo chão de tacos, fazendo um barulho enervante. Jussara olhou para a irmã.

— Você está com o rosto inchado.

— É, andei chorando.

— Foi o que eu desconfiei. A cartomante nunca me falhou, não sei por que desta vez...

— Esquece a cartomante, Jussara. Pensei muito na minha vida e resolvi tirar aquela pessoa da cabeça.

Jussara largou a costura.

— Então é isso, está explicado. Você precisava viajar uns tempos para tirar o Cléber do seu destino. Tirou tão bem que a cartomante não acha ele em nenhum baralho.

Um táxi parou em frente ao prédio, fazendo Cristina debruçar mais na janela. Dele saiu um rapaz, depois outro, devagar, ajudado pelo primeiro. Chico! O coração de Cristina disparou.

— Você está pensando em voltar quando para Campos? — A conversa das irmãs continuava.

Adriana não respondeu. O único som que se ouvia na sala era o da bola de gude rolando no chão de taco. Cristina queria correr para estar com Chico, mas a tia abordava um assunto perigoso. Andou até a porta e esperou.

Jussara retomou a costura, explicando:

— Estou perguntando porque nós temos três enxovais para entregar. Sozinha não dou conta.

— Vou dar uma volta — disse Cristina, aliviada.

Abriu a porta.

— Agora, na hora do almoço? — Jussara sempre desconfiando.

— Para dizer a verdade, nem estou com fome. Acho que não vou almoçar.

— Onde é que você vai?

— Deixa, Jussara — intercedeu Adriana. — Ela em Campos vivia solta, aqui no Rio fica muito trancada. — Fez sinal com a mão para que a filha saísse.

Jussara emburrou a cara. Não gostou de ver a irmã retomar o controle sobre os filhos.

— Então leva o Marcelo — determinou —, que ele também está trancado, e eu não aguento mais esse barulho, *blanlanlanlã, blanlanlanlã* — imitou o rolar da bola de gude.

Cristina teve vontade de esganar a tia.

— Vem, Marcelo.

Encontraram Chico e Caveira no hall do elevador. Cristina fez sinal de silêncio, com o dedo na frente da boca. Entraram os quatro no apartamento de seu Antunes. Chico capengou até uma poltrona, escorado no amigo. Depois sentou.

— Você não pode contar nada pra tia Jussara, hein! — se dirigia ao irmão.

Marcelo balançou os ombros indiferentemente.

— Posso confiar em você?

O menino olhou para o teto sem se comprometer.

— Então vou levar você de volta.

— Claro que não vou contar, sua...

— Opa, opa, opa — interrompeu Caveira, puxando Marcelo para sentar a seu lado. — Calminha aí, meu irmão.

Cristina olhou para Chico.

— Você está bem? Deu tudo certo no hospital?

Caveira respondeu por ele.

— O quê? Neguinho tá inteirão, inteiraço. O carinha que tirou o gesso falou que ele vai ficar meio bobeirão, sem saber andar. É assim mesmo, depois melhora.

Enquanto Caveira falava, Cristina pensava que ele parecia um presidiário, com a cabeça totalmente raspada e as roupas enormes no corpo. Falava de um jeito tão engraçado que ela precisou disfarçar a vontade de rir.

Chico percebeu e se sentiu meio envergonhado, pois o amigo era seu exemplo. Caveira era um cara legal, livre, desligado como ele sempre quis ser. Vivia no mar pegando onda e não estava nem aí para o resto, como ele gostaria de fazer. Mas por outro ângulo, que só agora vislumbrava, Caveira não passava de um crianção. Tudo para ele era *ão, inho* ou *aço*. Não sabia falar uma coisa normal, como as vantagens de um imóvel. Quando saía da praia, do meio dos surfistas, virava um estrangeiro. Não conhecia a língua que falavam na escola, não sabia se vestir para ir a um hospital, uma missa, um enterro. Não sabia se comportar diante de pessoas mais velhas, ou num emprego. Precisava explicar à Cristina que Caveira era apenas um companheiro de praia.

A voz da menina cortou seus pensamentos. Ela perguntava quando ele retomaria o emprego.

— Acho que na próxima semana, por enquanto estou de licença e... Foi atropelado por Caveira.

— Tu vai voltar naquela casa, meu irmãozinho? Tá a fim de morrer?

— Morrer?! — Cristina achou graça.

— Eu não voltaria naquele lugar nem por um... — Sentiu o olhar de Chico e não completou a frase. — Tem um demônio lá dentro, tá sabendo?

— Onde é que tem demônio?

— Não se mete, Marcelo, isso não é conversa de criança — cortou Cristina.

— Não tem demônio nenhum, só que acontecem umas coisas estranhas.

— Tem sim, compadre. Aquele porteiro, que tu não queria papo com ele, foi ele que disse que era demônio, alma penada, sei lá.

— Chico, quer me contar essa história direito, que eu não estou entendendo nada?

O rapaz começou pelo dia em que o pai exigiu que arranjasse emprego. Marcelo se empolgou com a parte do portão que derrubou Chico e da janela que quase decapitou a grávida. Com o dedo enfiado na boca e os olhos arregalados, vibrou quando Caveira tomou a palavra. Caveira narrou, cheio de *ãos*, *inhos* e *aços*, os acidentes incríveis que aconteceram com as irmãs Cora, Lira e Mara. E, por fim, os tiros do guarda.

— Ué! Tia Jussara disse que você foi atingido por engano, que o guarda te confundiu com um tarado.

— Exatamente.

— Achei que tinha sido na rua. Você não me disse que...

— Você nunca perguntou, achei que estava pouco ligando.

— Não, Chico. — Cristina foi sentar no braço da poltrona onde ele estava.

— Estava pouco ligando, sim — disse, abaixando o rosto.

Cristina segurou seu queixo, tentando fazê-lo levantar a cabeça. Chico desviou o olhar. Cristina insistiu. Chico tornou a recusar.

— Chico, desculpa, olha para mim. Você tem razão. Te aluguei com meus problemas e nunca perguntei nada sobre você. Desculpa.

Caveira apertou o joelho de Marcelo e se levantou.

— Vamos lá, brotherzinho, descolar um salgado para a gente rangar. Estou mortaço de fome, tu também deve estar.

Marcelo seguiu Caveira até a porta. Antes de sair, ouviu a irmã dizer:

— Chico, olha pra mim. Por favor!

Quem olhou foi ele, e viu Chico beijar Cristina na boca.

— Vou contar pra tia Jussara! — gritou.

— Qual é, xarazinho — cortou Caveira, puxando-o porta fora.

A porta bateu, Cristina teve todo o tempo do mundo para curtir o primeiro beijo. Abriu os olhos quando a mão de Chico começou a passear pelo seu braço. Encontrou-o de olhos fechados e tornou a fechar os seus.

A mão dele subiu suave pelo seu pescoço, brincou na sua orelha, Cristina encolheu os ombros arrepiada. Aquilo tudo era tão gostoso que sua mão quis aprender a causar as mesmas sensações na orelha de Chico. Depois passeou até os cabelos dele, porque ele agora remexia nos seus.

Quando se separaram, ela perguntou:

— E seu pai?

— Chega do trabalho depois das seis.

A partir daí, surgiu uma nova cumplicidade entre os dois. Os defeitos de Jussara caíram para segundo plano, e os encontros no apartamento de seu Antunes passaram a ser o segredo principal.

Marcelo e Caveira voltaram uma hora depois, trazendo sanduíches naturais e vitaminas de frutas. Terminado o lanche, Cristina se despediu e saiu com o irmão.

O TELEGRAMA

Seu Antunes tomava o café da manhã, pronto para sair. Tocaram a campainha, Chico abriu a porta e recebeu da mão do porteiro um telegrama. Tratava-se de um convite para comparecer à delegacia. Preocupado, mostrou ao pai.

— Tenho que ir?

— Claro.

— Você vai comigo?

— Um homem de 18 anos não precisa de pai para esse tipo de coisa. Você é maior de idade, Chico.

— Eu vou fazer o quê, lá? Que que eu vou dizer?

A voz chorosa irritou seu Antunes.

— Vai dizer a verdade, Francisco José! Você é a vítima, não cometeu nenhum crime, não tem nada a temer.

— Tem certeza, pai? Já levei dois tiros sem ter feito nada.

— Estive na delegacia vendo o inquérito. As três senhoras confirmaram a sua versão. Aliás, te elogiaram muito. Li também o depoimento de um porteiro.

— O que foi que ele disse?

— Também te inocentou. Disse que ouviu gritos, chamou os guardas e, quando percebeu o mal-entendido, tentou explicar, mas não foi levado em conta.

— Só isso?

— Só.

— Não falou nada a respeito de uma madame... — Chico estava indeciso.

— Que madame?

— Nada não, deixa pra lá.

— Marcaram data para você comparecer na delegacia?

— Quinta-feira da semana que vem. Bem no dia em que acaba a minha licença.

— Não fica assim, desanimado. Você vai gostar de voltar ao trabalho, rever seus colegas, espera só.

— Pai, eu preciso conversar com você. Não posso mais trabalhar, estou correndo risco de vida.

— Risco de vida coisa nenhuma! Aquilo foi um acidente, aconteceu uma vez, acabou. Ou você acha que vai levar tiro por engano todo dia?

— Pai, da próxima vez vai ser pior, vou morrer.

— Vai morrer coisa nenhuma! — se enfezou Seu Antunes. — Não vem com chantagem sentimental pra cima de mim, porque não cola. Ouviu bem, Francisco José?

— Pai...

— Você volta para o emprego, ou te boto na rua! Vai morrer, era só o que me faltava... — E saiu de casa resmungando.

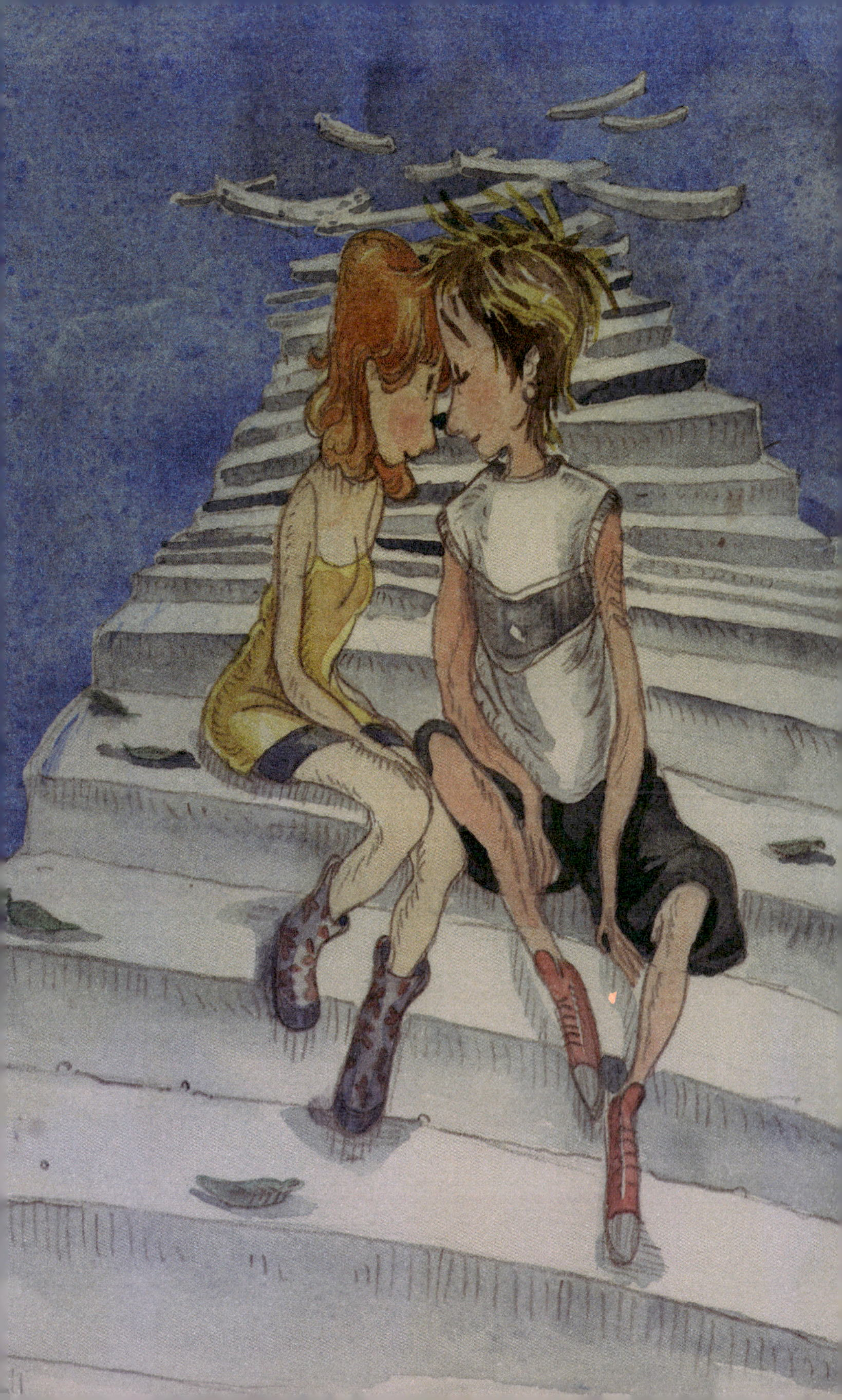

XII

Encontro na escada

Chico se jogou no sofá com o telefone na mão. Acabava de chegar da delegacia. Ligou, Jussara atendeu:

— Alô! Alô! Alô!

Agora atendia todas as ligações, no afã de vigiar Cristina.

— Quem é? — perguntou Cristina, sabendo que era Chico.

— Não sei, está mudo. Alô, alôôô! — gritou.

— *Uin doun, uin doun, uin doun* — a voz esganiçada do outro lado da linha reproduzia o som de uma sirene.

— O que é isso? Quem está falando?

— É a ambulância do hospício que está indo aí te buscar, sua velha maluca.

Jussara desligou aborrecidíssima. Contou à sobrinha o que tinha ouvido.

— É o terceiro trote que me passam essa semana. Mas eu já sei quem é, e essa pessoa vai se ver comigo.

— Quem é, tia?

— É uma invejosa que se diz minha amiga.

— Tem certeza, tia?

— Só pode ser ela. Está despeitada porque eu e sua mãe estamos fazendo sucesso com os vestidos de noiva. A cartomante avisou que isso ia acontecer.

Cristina foi para a cozinha lavar louça. Quando percebeu que Jussara havia voltado ao quarto de costura, saiu sorrateira, deixando a porta dos fundos encostada. Escutaria se alguém chamasse.

Chico esperava sentado na escada. Abraçou Cristina recostando nos degraus de cima. Beijaram-se, depois desabafou:

— Não aguento mais essa situação. Digo a verdade, ninguém acredita. Você precisava ver a gozação na delegacia, o ar de deboche do cara que digitou meu depoimento.

— Você falou que a casa era mal-assombrada?

— Tive que falar. O delegado estava insinuando que eu tinha culpa na história.

— E agora, o que você vai fazer?

— Vou pedir pra me tirarem da casa da Cinco de Julho.

— Cinco de Julho?

— É, os corretores falam dos imóveis assim, pelo endereço. Essa maldita casa fica na rua Cinco de Julho.

Uma ideia meio louca brotou na cabeça da menina. Cinco de Julho, decorou.

— É aqui perto?

— Não, é lá em Copacabana.

Copacabana ela conhecia bem, era onde passava as férias. A ideia se ampliou, virando plano.

— Queria fazer alguma coisa por você, Chico.

— Me beija.

Ela beijou, passando a mão pelo cabelo dele. De repente afastou o rosto.

— Nunca mais diz que estou pouco ligando, viu? Estou ligando muito, quero te ajudar.

Chico voltou a beijá-la, de olhos fechados. Cristina livrou de leve a boca, o plano pronto, inteiro na cabeça.

— Estou ligando tanto que vou enfrentar a madame Jaton com você — disse, com o rosto grudado ao dele, intercalando palavras e beijos.

— Nem pensar. — Chico se afastou, abrindo os olhos. — Se eu, que sou eu, não quero pisar naquela casa nunca mais...

— Tudo bem, mas, se tiver que pisar novamente, quero estar junto.

Ouviram o elevador social parando no andar, barulho de chaves e uma porta batendo. Em seguida, a voz irada de seu Antunes chamando Francisco José.

Chico deu um beijo rápido em Cristina e entrou em casa. Ela ainda ficou um tempo sentada no patamar da escada, namorando seu plano.

Seu Antunes não queria superproteger o filho, porque já tinha 18 anos, nem deixá-lo muito solto, porque só tinha 18 anos. Foi pensando nisso que resolveu dar mais uma passada na delegacia na volta do trabalho.

Depois de conversar com o inspetor, leu o espantoso depoimento de Chico, que mencionava ratos fantasmas e uma assombração francesa terrivelmente malvada. Partiu para casa furioso.

Agora Chico penava sob a pressão do pai.

— Olha aqui, Francisco José, você passou dos limites. Eu não vou ouvir mais nada. Estou cansado, com dor no peito, passando mal.

— Pai!

— Pai coisa nenhuma!

— Pai?

— Você tem duas opções: ou reassume o emprego amanhã, ou junta teus troços e some daqui.

— Pai...

— Não adianta que você não vai me dobrar. Não sustento malandro dentro de casa, não vou criar vagabundo.

Chico se trancou no quarto. Sentou na cama, escondeu os olhos com as mãos, quando viu, estava chorando, coisa que há muito tempo não fazia. Recostou na cama, triste e desamparado, e acabou dormindo.

Sonhou que corria por uma rua estreita, perseguido por centenas de pessoas. Suas pernas começaram a pesar, e a multidão se aproximava cada vez mais. Pôde ver que muitos tinham cara de bicho e carregavam paus, pedras e ancinhos. Com muito esforço, suando já, conseguiu dar uns passos, mas a rua terminava num precipício. Um medo enorme fez com que tremesse de maneira incontrolável. Olhou a multidão que o alcançava, o pânico fez com que perdesse o equilíbrio e despencasse lá de cima.

Vinha caindo de braços abertos para ver se conseguia segurar em alguma coisa. Continuou caindo, o buraco não acabava nunca. Debateu-se e de repente sentou na cama de olhos abertos.

Acordado, lembrou um pesadelo ainda pior: o pai o empurrava para a imobiliária. Da imobiliária, seria empurrado para a casa da Cinco de Julho. Na casa, madame Jaton o empurraria para a... Sacudiu a cabeça, espantando o pensamento.

Volta ao batente

Chico entrou na Praiamar festejado pelos colegas:
— Olha só quem está de volta ao batente!
— Que bom te ver recuperado.
O gerente apareceu e carregou Chico para sua sala.
— Meu amigo, eu te devo uma explicação. — Recostou-se na cadeira. — Sou um homem cético, nunca acreditei em nada sobrenatural. — Respirou fundo. — Quando essa casa da Cinco de Julho

entrou para ser alugada, eu e o proprietário demos muita risada com as histórias absurdas que contavam. A casa tinha passado por três imobiliárias, você sabe como esses boatos se espalham. Alguns dos meus corretores simplesmente se recusaram a dar plantão lá. Outros até estiveram na casa, mas não quiseram voltar, por dinheiro nenhum.

— Por isso você me contratou.

— Exatamente. E ameacei demitir quem comentasse qualquer coisa com você. Você não faz ideia do que é ter o Vilela Prado todo dia telefonando, enchendo, perguntando.

— Quem é Vilela Prado?

— É o proprietário da casa, um homem riquíssimo lá de São Paulo. Hoje mesmo me chamou de incompetente e desligou o telefone na minha cara.

— Bom, se você só me contratou por causa desse imóvel, pode me despedir, porque eu não volto lá por nada desse mundo.

— Não vou te demitir, nem quero que você volte lá. O Vilela Prado desistiu de alugar o imóvel, agora quer vender. Está pedindo um preço baixíssimo, quase dando a casa. E pagando uma comissão altíssima para o corretor que se aventurar. Acho que é para se ver livre de uma vez por todas. Sabe o que eu respondi?

Chico esperou que ele contasse.

— *Yo no creo en brujas, pero que las hay, las hay.*

— O que é isso?

— Eu não creio em bruxas, mas que elas existem, existem.

Chico riu. Apesar de tudo, simpatizava com o gerente.

— Esclareci ao Vilela Prado que não tínhamos mais negócio. Tirei esse peso da consciência e, agora que você está bem, estou é achando graça da confusão que está dando.

— Confusão?

— Sabe aquelas três senhoras que queriam fazer a creche?

— Cora, Lira e Mara.

— Isso! Estão processando o Vilela Prado por causa dos ratos. Ele está desesperado porque elas andaram dando entrevistas para alguns jornais. Como ele tem indústria de alimentos, muita gente entendeu que os ratos estavam nas fábricas.

Chico riu, lembrando-se que as três eram muito ativas.

— Bom — disse o gerente —, vamos trabalhar? Queria que você cadastrasse uns imóveis novos que entraram.

— E o fim de semana?

— Já formei a equipe de plantão, você está dispensado.

Conciliação

Chico deitou no sofá da sala, com o telefone na mão. Ensaiava um novo trote para chatear Jussara. Depois era só sentar na escada e esperar Cristina. Ligou, ninguém atendeu. Tornou a ligar, o telefone chamou uma eternidade e nada.

Seu Antunes entrou em casa. Vinha assobiando satisfeito, devidamente informado de que o filho continuava no emprego. Chico percebeu o bom humor do pai e, como também estava de bem com a vida, resolveu quebrar o gelo dos últimos dias.

— Esquisito! Não tem ninguém na casa da dona Jussara.

— Eles iam sair com uns parentes de Campos para comemorar o aniversário da Cristina.

— Aniversário da Cristina, hoje? Caramba, não comprei nem presente, que furo!

— Está precisando de dinheiro?

A pergunta do pai o pegou de surpresa.

— Eu?

Mais surpreendente foi sua resposta.

— Não, obrigado. Acabei de receber meu salário, e eles não descontaram os dias que eu fiquei em casa.

O pai tinha outra surpresa:

— Está precisando do carro?

Chico pensou um pouco.

— Pode ser amanhã? Fui dispensado do plantão e estava pensando em chamar a Cristina para ir à praia.

— Pode, combinado.

Adriana abriu a porta, com uma peça de renda na mão.

— Ué, você ainda está por aqui? Cristina saiu faz tempo.

— Onde ela foi?

— Você não sabe?

— Não, pensei que ela estava em casa. Vim perguntar se queria ir à praia.

— Ué, ela disse que ia te encontrar em Copacabana.

Chico ficou olhando Adriana, sem reação. Copacabana? Não queria acreditar que Cristina fosse louca a ponto de...

— Saiu tem muito tempo? — perguntou.

— Há umas duas horas, mais ou menos.

Pensando numa conversa que Cristina e ele tiveram na escada, Chico deu meia-volta, entrou em casa, pegou a chave do carro e saiu disparado para a rua Cinco de Julho.

No caminho foi se convencendo de que Cristina não ia se meter a entrar sozinha na casa e provavelmente estaria na calçada, a salvo, esperando por ele. Como não se encontraram na véspera, ela devia estar pensando que ele daria plantão lá, no fim de semana.

Meninazinha petulante, Jussara tinha razão. E louca! Mais louca que a mãe. Adriana tinha se metido com um cara que não prestava, por vacilo, bobeira. Cristina não. Estava cansada de saber que madame Jaton era perigosa, má, muito pior que o tal do Cléber, e queria se meter com ela.

Estacionou em frente à casa, olhou para todos os lados, não viu a namorada. Saltou do carro, andou na direção do porteiro, que já acenava.

— Francisco, até que enfim você apareceu! Já soube que ficou bom, voltou para o trabalho. Sua amiga esteve aqui conversando comigo.

— Onde é que ela está?

— Não sei. Nós estávamos conversando sobre... — apontou com o polegar a casa ao lado. — Nisso o interfone tocou, fui atender, quando voltei sua amiga tinha sumido.

Para espanto do porteiro, Chico disse um palavrão. Gingou com o corpo, marchou parado, abriu os braços.

— Será que ela entrou... — Chico imitou o gesto do porteiro, apontando o polegar na direção da casa.

— É bem capaz, do jeito que estava curiosa. Contei tudo que eu sabia, dei conselho, mas...

Chico repetiu o palavrão uma, duas, três vezes, olhando em volta na esperança de avistar Cristina. Disse o mesmo palavrão pela última vez, fez o sinal da cruz, correu até o muro e pulou. Alcançou o topo com as mãos, flexionou os braços até que cintura atingisse a altura de poder sentar no muro. Virou as pernas para dentro e pulou no pátio ladrilhado. Olhou o chão cheio de poeira, não havia pegadas. Mas isso não garantia nada, com um simples vento madame Jaton podia ter apagado as marcas.

— Cristina! Cristina! — gritou.

A menina teve a impressão de ouvir Chico chamando seu nome. Dobrava a esquina com um sorvete na mão. Ao se aproximar mais da casa, viu o carro de seu Antunes.

Quando o porteiro lhe contou o que havia acontecido, ela jogou fora o sorvete, pediu que ele juntasse as mãos, pisou nelas e galgou o muro. Pulou no pátio e correu até a janela. Nesse momento, Chico olhava para cima, dando passos para trás, tentando se desviar do lustre que balançava.

Cristina não pensou duas vezes. Meteu a mão na maçaneta da porta e entrou num rompante, gritando:

— Chico, descobri tudo sobre essa casa.

A ferragem da cortina estalou. O rapaz esbugalhou os olhos ao ver que uma das pontas do trilho começava a se soltar da parede.

— Não, não, não faz nada com a Cristina — Chico apenas balbuciava, o medo prendendo sua voz.

O ferro pontudo desceu um pouco, apontando na direção da menina. A cortina começou a deslizar para a ponta da haste que baixava.

— Sabe quem é madame Jaton? — perguntou ela.

Chico acompanhou o trilho descendo e parando a um centímetro do alvo. Mexia a boca, a voz não saía, totalmente paralisado pelo pânico. Também paralisado ficou o trilho, levitando sobre a cabeça de Cristina. A outra ponta mantinha-se presa ao teto.

Os olhos de Chico saltavam fora da órbita. A namorada poderia estar morta no minuto seguinte. "Foge, Cristina, não diz nada, corre, foge", queria gritar, mas as palavras não se materializavam.

Diante da mudez de Chico, Cristina respondeu à sua própria pergunta:

— Madame Jaton é uma mulher incrível, corajosa, a mãe que eu queria ter.

O trilho desviou alguns centímetros, a outra ponta se soltou do teto, e veio tudo abaixo de uma só vez. Com um barulho surdo, a cortina se amontoou no chão bem ao lado da menina.

Chico correu e abraçou a namorada. Estava trêmulo.

— Está tudo bem — sussurrou ela. E, em voz alta, prosseguiu: — O Genival me contou tudo, ele trabalha nesse prédio aqui do lado há mais de trinta anos.

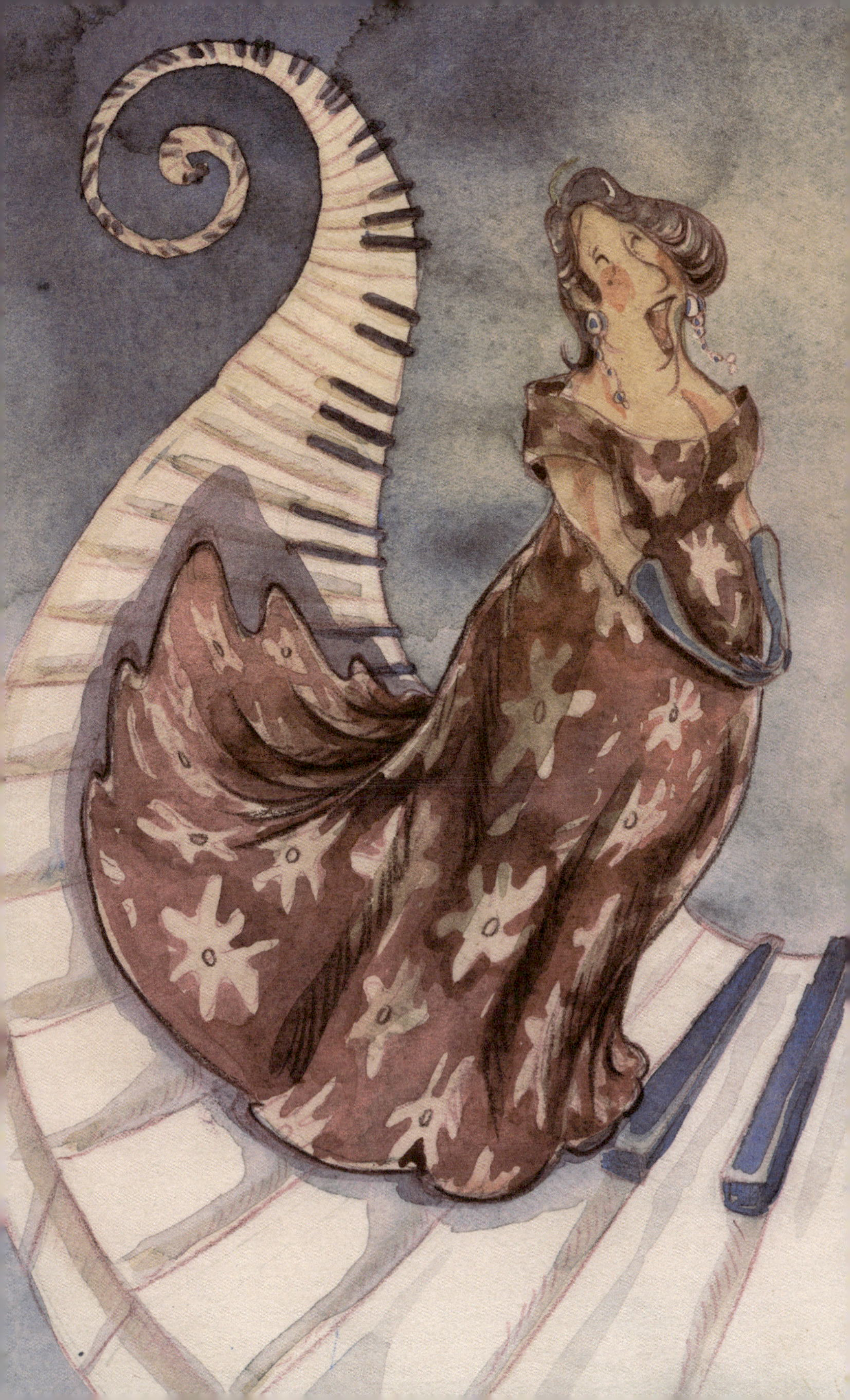

XIII

Porteiro Genival

— Acho bom você não confiar muito em conversa de porteiro.
— Chico, presta atenção, ele viu madame Jaton se mudar para cá, e daí por diante acompanhou a vida dela. É uma história incrível.

Chico correu os olhos pelo lustre, pelos outros trilhos de cortina, pelos tapetes, janelas, como se temesse nova agressão.

— Vamos sair e você fala o que quiser. Mas vamos sair primeiro.
— Sair por quê? Você está com medo de alguma coisa?
— Medo, eu? Estou é sufocado nessa sala quente.
— Então vamos sentar ali, que é mais arejado.

Sentaram-se no degrau da porta. Cristina respirou fundo de maneira compenetrada e iniciou seu relato.

Elise Jaton

Elise nunca soube o que era uma vida fácil. Perdeu o marido, os pais e os irmãos durante a Segunda Guerra Mundial. Na época, estava grávida, foi morar num abrigo, e, alguns meses depois, nasceu uma menina. Terminada a guerra, Elise recuperou seu piano e, dando aulas de canto para crianças de famílias ricas, conseguiu sobreviver e criar a filha.

Aos 13 anos, a filha de Elise Jaton escrevia poemas e músicas contra as guerras e o que mais achava de errado no mundo. Aos 15 leu o livro *On the Road*, de Jack Kerouac. Aos 16, sumiu no mundo. Nessa época, muitos jovens faziam isso. Estava começando o que, mais tarde, seria chamado de movimento hippie.

Dois anos depois, numa tentativa desesperada de encontrar a filha, madame Jaton excursionou com uma companhia de ópera. Cantou em várias cidades da Europa, Ásia, América do Norte e América do Sul. Em São Paulo, conheceu um grande apreciador de música. Apaixonaram-se perdidamente. Elise abandonou a companhia de ópera decidida a esquecer o passado e começar vida nova no Brasil.

Esse homem chamava-se Edgar Vilela Prado. Possuía uma indústria de alimentos, pertencia a uma das famílias mais tradicionais de São Paulo e era casado. Um dia, ele trouxe Elise ao Rio de Janeiro. Ela se encantou com a cidade, e ele comprou uma casa numa rua calma de Copacabana.

Edgar tinha filhos em São Paulo e não quis se separar da mulher.

Elise, por seu lado, nunca exigiu nada. Contentava-se com o tempo que o amante podia dedicar a ela, e preenchia o resto com música. Mandou vir seu piano da França e voltou a dar aulas de canto. Viviam felizes, ela tocando e cantando, ele ouvindo maravilhado. Davam-se bem, viajavam muito.

A filha do Genival, porteiro do prédio vizinho, era a aluna predileta de Elise. A menina tinha jeito, excelente ouvido, mas pouco dinheiro. Elise não cobrava as aulas. Deixava que a menina estudasse em seu piano duas horas por dia. Genival ia lá levar e buscar a filha e, sempre muito grato, ouvia as reminiscências de madame Jaton.

Edgar morreu de repente, aos 63 anos de idade, durante um jantar de negócios em São Paulo. Elise soube pelos jornais e ficou muito abalada. Chegou a pensar em voltar para a França, mas, depois de tanto tempo fora, achou que iria se sentir mais estrangeira lá do que se sentia aqui. Resolveu ficar.

Mal tinha retomado sua rotina — suas aulas —, apareceu um filho do Edgar pedindo a ela que saísse da casa. Madame Jaton explicou que não podia deixar a casa porque não tinha para onde ir, mas ofereceu um quarto, caso ele estivesse na mesma situação.

Edgarzinho saiu de lá indignado. Herdeiro cobiçado, jovem executivo em início de carreira, não aceitava ser contrariado. Determinou a seu advogado que tomasse as providências cabíveis para expulsar a mulher de lá.

Madame Jaton não se deixou abalar. Chegavam cartas, notificações, papéis marcando audiência; ela rasgava e jogava no lixo. Seu refúgio era a música, o piano, os alunos. A quem perguntasse, ela respondia muito calma: "Só saio daqui morta."

E foi isso mesmo que ela disse ao oficial de justiça que bateu em sua porta. Quando ele voltou com a polícia para forçá-la a sair, ela subiu na janela do segundo andar e ameaçou pular. Acostumada ao palco, Elise fez seu espetáculo. Em pouco tempo havia juntado uma multidão na rua.

Vendo que aquela gente toda tomava o partido da francesa, o oficial de justiça e os policiais trataram de desaparecer. Daí em diante, o tumulto virou festa. O porteiro espalhou que a mulher era cantora de ópera, e a multidão gritou: "Canta! Canta!" Madame Jaton não se fez de rogada: cantou uma ária inteira e foi aplaudidíssima.

Sugiram repórteres para filmar, gravar e fotografar tudo. Genival cuidou de fornecer os pormenores para a imprensa. No dia seguinte, os jornais publicaram a história de madame Jaton, dando ênfase à ligação amorosa com o magnata paulista Vilela Prado, recentemente falecido, e às palavras que ela gritava da janela: "Daqui só saio morta!" A matéria foi também publicada num jornal da França. A filha hippie leu e procurou a mãe. Veio ao Brasil, fez tudo para levar madame Jaton embora, mas não conseguiu. Só depois de morta!

Restou a Edgarzinho desistir temporariamente da casa. Não queria o nome da família enxovalhado na imprensa. Além disso, a mãe era uma senhora muito fina, tinha horror a escândalo.

Passada uma semana, o advogado dos Vilela Prado fez uma visita a Elise Jaton. Comunicou que seu cliente era dono de uma infinidade de imóveis, por isso tinha decidido tolerá-la na casa enquanto vivesse.

— Vamos aguardar pacientemente a sua morte, e depois retomaremos o imóvel.

Madame Jaton achou aquilo um abuso. Olhou dentro do olho do advogado e avisou:

— Pois diga ao seu cliente que agora é que eu não saio mesmo. Vou morrer e continuar ocupando esse lugar que é meu. Ninguém vai me tirar daqui nunca, nem antes nem depois da minha morte.

E assim continua até hoje, defendendo sua casa com unhas e dentes, e assombrando quem tenta se intrometer.

A valsa

— Entendeu agora, Chico? Ah, se minha mãe tivesse essa garra! Não teríamos perdido nossa casa, nossa fazenda, nossa loja.

Cristina se calou, lembrando com saudade da vida que levava em Campos antes do aparecimento de Cléber.

Agora que conhecia os motivos de madame Jaton, Chico estava mais tranquilo. Mas, para se sentir totalmente seguro, precisava esclarecer uma coisa.

— A imobiliária não vai mais alugar essa casa. Não temos mais negócio com o tal do Edgarzinho.

Falava com Cristina, mas sua intenção era informar madame Jaton que ele não era o inimigo.

Cristina ficou confusa:

— Você não vai mais mostrar a casa pra ninguém?

— Não.

— Então o que você está fazendo aqui?

— Desconfiei que você tinha vindo pra cá e vim também. Desde ontem eu tento te encontrar. Você sumiu.

— Ontem passei o dia com meus tios de Campos.

— E não me convidou pra comemorar seu aniversário.

— Meu aniversário é hoje, Chico. Tio Rui é que tem mania de véspera.

— É hoje que você está fazendo 15 anos?

Cristina balançou a cabeça que sim. Chico a abraçou e beijou.

— Parabéns.

A luz de um abajur piscou algumas vezes na sala. Os dois se voltaram.

— O que é isso, Chico?

Ele balançou a cabeça em resposta, significando que era exatamente o que ela estava pensando: madame Jaton.

Cristina se aproximou do abajur, que piscou outra vez. O braço da vitrola se moveu e uma música começou a tocar. Nesse instante, a luz do corredor se acendeu, como que indicando o caminho. Os dois foram para lá. A porta do banheiro se abriu lentamente.

Entraram. Um estalo soou dentro do armário da pia. Cristina olhou desconfiada e, devagar, foi aproximando a mão. Abriu o armário e segurou um perfume que rolou da prateleira.

— Será que madame Jaton quer que eu passe esse perfume?

Chico levantou os ombros.

Cristina destampou o frasco, cheirou e passou uma gotinha na nuca, outra no pulso. Voltaram para a sala. A menina andava devagar e observava tudo com atenção.

Chico quis saber o nome do disco que estava tocando. Conhecia a música de um filme de época, desses que tem carruagens, vestidos longos, salões nobres e orquestras.

Encontrou a capa vazia encostada na vitrola. Leu:

— "Vamos dançar essa valsa"?

Cristina fingiu que era um convite e aceitou. Nisso, o tapete se enrolou, abrindo espaço. Chico segurou-a pela cintura, pegou sua mão direita e conduziu os primeiros passos. Não sabiam dançar direito, não estavam bem-vestidos, não havia orquestra, garçons, convidados. Mas Cristina sentia-se protegida por madame Jaton, e muito feliz, dançando a valsa dos seus 15 anos.

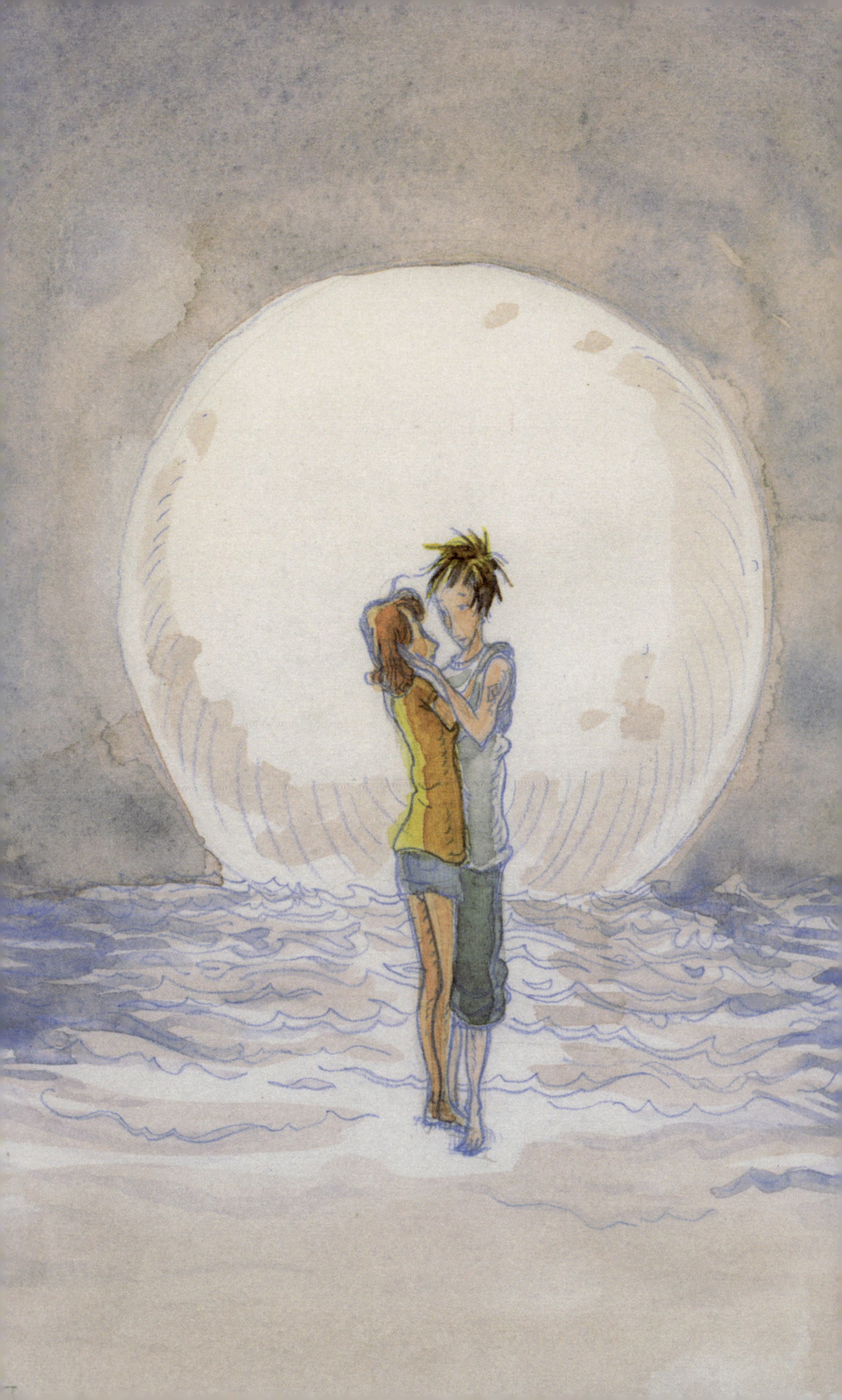

XIV
Surpresa

No domingo, Cristina e Chico, cheios de mistérios, convidaram Adriana, Marcelo, Jussara e seu Antunes para darem um passeio.

— Que invenção é essa agora? Que lugar é esse que vocês vão nos levar?

— Calma, tia! É surpresa.

Chico sentou ao volante, com Jussara e Cristina na frente. Adriana, seu Antunes e Marcelo se acomodaram no banco de trás. A menina explicou que tinham uma história para contar, mas queriam contá-la no local onde aconteceu.

Quando o carro parou em frente à casa 96, seu Antunes sussurrou no ouvido de Adriana:

— Foi aqui que atiraram no Chico.

Adriana sussurrou de volta sua conclusão:

— Ele vai contar como aconteceu.

Marcelo ouviu e se entusiasmou que fosse conhecer um lugar tão emocionante.

Chico estava de posse das chaves da casa. Tinha buscado na véspera na imobiliária, depois de uma longa conversa com o gerente.

— Quem é que mora aqui? — perguntou Jussara ao entrar na sala de móveis luxuosos e um piano de cauda.

Chico tinha ido abrir as janelas para ventilar. Cristina respondeu:

— Calma, tia, já vou dizer. Mas primeiro, quero todo mundo sentado.

— Eu sei quem mora aqui! — gritou Marcelo. — É o demônio!

Só Cristina e Chico viram o lustre balançar sobre a cabeça do menino. Ela tomou rapidamente o controle da situação.

— Isso é o que dizem por aí. Mas nós descobrimos o nome e a história da alma que vive nessa casa.

— Alma?! — A voz de Jussara saiu tremida. Deu um pulo na poltrona quando viu a luz do abajur piscar.

— Alma de uma mulher incrível, que dedicou a vida à música.

— Bem que eu estou vendo um piano — interrompeu Jussara.

— Essa mulher perdeu a família toda quando estava grávida e criou a filha sozinha.

— Coitada! — disse Jussara, novamente.

— Um dia a menina viajou e nunca mais deu notícias.

— Por isso é que eu não quis ter filhos — mais um palpite de Jussara.

— Madame Jaton saiu pelo mundo, procurando a filha. Veio parar no Brasil, se apaixonou por um brasileiro e aqui ficou para sempre.

— Ela era estrangeira? — Sempre Jussara.

— Francesa — respondeu Antunes.

— Como é que você sabe, homem?

— Li essa besteirada no depoimento do Chico na delega... — calou-se, alguma coisa o atraindo no teto.

Ergueu a cabeça de repente, o lustre se inclinava na sua direção. Tinha a nítida impressão de estar sendo espionado. Levantou-se, deu uma volta, não havia mais ninguém na casa. Pressentia, assim mesmo, uma presença estranha. Perguntou, por fim:

— Você está falando sério, Cristina?

— Estou, e a história de Elise Jaton é muito linda, vale a pena. Posso começar?

Cristina falou durante muito tempo, sem ser interrompida nem por Jussara. Levou seus ouvintes à França nos tempos da Guerra, depois aos espetáculos de ópera em várias cidades do mundo, até chegarem a São Paulo. Suspiraram com o amor de Edgar e se revoltaram com a frieza de Edgarzinho. Torceram abertamente por Elise.

Quando Cristina terminou o relato, a francesa tinha aumentado sua legião de admiradores. Adriana era a mais sensibilizada. Empurrava discretamente uma lágrima teimosa para fora do olho.

— Elise Jaton, Elise Jaton! — chamou Marcelo. — Ela fala com a gente?

Cristina riu.

— Que eu saiba, não, mas escuta. Ela se movimenta pela casa, mexe nas coisas... Chico, você viu que a cortina está de volta no lugar?

— Vi. E a descarga que desmontou no dia que levei o tiro também já está consertada.

Ouvir falar de descarga fez Marcelo lembrar de fazer pipi. Achou sozinho o banheiro, entrou e, meio desconfiado, deixou a porta encostada. Quando terminou, a descarga disparou sozinha, para sua surpresa. Já ia saindo, mas antes de alcançar a porta, ela bateu. Marcelo tentou girar a maçaneta, estava travada. Gritou o nome da irmã, com o coração acelerado. Olhou para trás, prevendo um ataque pelas costas e viu. Da torneira da pia corria água. Só isso, um inofensivo jato d'água.

— Você me chamou, Marcelo?

— Chamei, mas...

Marcelo botou a mão sob a torneira, a água era morna como ele gostava. Notou que agora, ao lado da torneira, um sabonete tremia. Desconfiou que teria que lavar as mãos com sabão antes de sair do banheiro, ordem que tia Jussara sempre dava e ele nunca cumpria.

— Marcelo, está precisando de alguma coisa?

— Não, Cristina, está tudo bem.

Lavou as mãos e ouviu um estalo às suas costas. Notou um armário com a porta entreaberta. Já mais confiante, puxou a porta e deu com uma pilha de toalhas. Pegou a de cima, enxugou as mãos. Largou a toalha na pia, virou-se, a porta continuava trancada. Parou, pensou, pendurou a toalha no gancho que havia na parede, outra coisa que tia Jussara sempre mandava fazer e ele nunca fazia. Pronto, a porta do banheiro se abriu.

Marcelo saiu correndo aos berros:

— Cristina, Cristina! A alma estava no banheiro comigo. Caramba, estou amarradão nessa casa!

A luz do abajur piscou. Chico e Cristina se olharam discretamente.

Chico levou a turma para conhecer o andar de cima e aproveitou para descarregar a decoreba de corretor:

— Esse quarto é voltado para a montanha. Arejado, silencioso, e que vista! Vale a pena dar uma olhada.

Jussara não conseguia se sentir muito à vontade. Tampouco seu Antunes, sempre vigiando o teto. Quando desciam as escadas, Chico disse:

— Vamos embora?

Imediatamente as janelas se fecharam, e a porta da frente bateu.

— Que é isso? — gritou Jussara, agarrando seu Antunes.

— Nada, tia, é madame Jaton que não quer que a gente vá embora.

— E agora, minha Santa Mãe?

— A gente fica — disse Marcelo, animadíssimo. — Só que eu estou mortaço de fome — disse, e foi pra cozinha ver o que tinha na geladeira.

Chico achou que era hora de abrir o jogo com todos, inclusive com madame Jaton. Fez com que se sentassem novamente e falou do preço baixíssimo que estavam pedindo pelo imóvel.

— Uma oportunidade como essa não vai aparecer nunca mais. Vocês viram como a cozinha é ampla — foi soltando a ladainha de corretor —, os cômodos muito bem-distribuídos, o acabamento de excelente qualidade, e a vantagem maior é que estão vendendo com tudo dentro.

— Inclusive a alma — ressaltou Jussara.

Cristina disse que já havia ligado para o tio Rui, e que ele viria ao Rio de Janeiro examinar a papelada e fechar o negócio se estivesse tudo em ordem. Compraria a casa em nome dela e do irmão, com o dinheiro que conseguiu salvar para eles em Campos.

O silêncio foi geral, como se cada um precisasse de tempo para assimilar tanta coisa inusitada.

Daí a pouco, Cristina não conseguiu mais se conter:

— Você está de acordo, mãe?

— Eu estou, mas e a dona da casa? Será que também está?

Jussara grudou os olhos no abajur, seu Antunes no teto. Em vez disso, a porta se abriu. Sinal de que podiam sair para tomarem as providências.

Tio Rui

Tio Rui até hoje não entendeu por que os Vilela Prado venderam uma propriedade tão abaixo do preço de mercado. Ninguém contou.

A transformação de Adriana, Carminha tentou explicar.

— São fases da vida, Rui. Adriana vivia dentro da casca. Um dia saiu. Como não conhecia o mundo, se perdeu na primeira esquina. E aí ficou perdida, fazendo besteira, sofrendo, até que cansou e resolveu se encontrar. Foi isso o que aconteceu.

Mas a explicação não adiantou. Rui continuava abismado que Adriana, uma mulher tão dependente, tivesse conseguido se recuperar e que agora trabalhasse e até sustentasse os filhos.

Vendo que ele não entendia coisa tão simples, Carminha resolveu não confundir ainda mais sua cabeça com a história de Elise Jaton.

O casamento

Uma vez comprada a casa, as duas irmãs decidiram montar um ateliê de alta costura no fundo do quintal. Jussara cogitou alugar o apartamento do Grajaú e morar em Copacabana com Adriana. Teria uma renda extra para aplicar no novo negócio.

Seu Antunes achou a ideia absurda. Usou de todos os argumentos para dissuadir a vizinha. Todos, menos um, o único realmente eficaz para convencer Jussara.

Mas no dia da mudança, encheu-se de coragem e declarou o seu amor, o medo da solidão, o vazio que seria sua vida sem o convívio diário com ela. Propôs então que ela mudasse parte dos seus planos: alugasse o apartamento, se era o que queria, mas que fosse morar com ele.

A primeira reação de Jussara foi beliscar os braços, para ver se não estava sonhando. A segunda foi exigir casamento na Igreja, de papel passado, e rápido, antes que cismasse de ir à cartomante e as cartas embaralhassem suas ideias.

Um mês depois os papéis ficaram prontos. Marcelo levou as alianças, Cristina foi dama de honra, Chico e Adriana, padrinhos.

Luau

Voltando da aula de piano, Cristina escolhia as palavras que convenceriam a mãe. "Tenho idade bastante, sei tomar conta de mim. Fiz 17 anos! Além disso, todas as minhas amigas vão. Deixa, mãe? Os meninos compraram uma barraca em sociedade, Chico gastou o salário inteiro nisso. Se eu não for, ele não vai querer ir, e se ele não for, o Caveira também vai desistir. Você não quer ser desmancha-prazeres, quer? Deixa?"

Olhou o relógio e se espantou que já fossem quatro horas da tarde. Chico e Caveira passariam às seis e meia para buscá-la, e ainda não estava nada resolvido. Entrou em casa, a mãe conversava com um homem na sala. Reconheceu-o imediatamente, apesar de estar de costas para a porta.

Parou petrificada, vendo a caixa de joias de madame Jaton aberta em cima da mesa. Cléber se virou.

— Cristina, como você está bonita! Vem cá me dar um abraço!

A menina ia responder algo ácido, mas Adriana, por trás de Cléber, olhou-a com firmeza e acenou para que deixasse a sala.

— Oi, Cléber. Depois, estou morrendo de pressa.

— É, vai me dar trabalho manter os pretendentes longe da nossa princesa — disse ele, da maneira mais paternal que pôde.

Cristina parou no terceiro degrau da escada, apavorada. Dali acompanhou a conversa dos dois na sala.

— Depois que comprei essa casa resolvi investir em joias. Meu negócio com Jussara está indo bem.

— E a mobília da casa, o piano?

— Tudo comprado em leilão. Adoro dar lance, aprendi com você. Lembra aquele cavalo que nós arrematamos para as crianças?

Cléber já enveredava por outro assunto, preferindo não lembrar.

— Senti tanto sua falta!

— Eu também.

— Quanto é que você e sua irmã faturam por mês?

A audácia de Cléber chocava Cristina. Mas o que mais doía era a fragilidade de Adriana diante daquele homem. Chegava a mentir, a contar vantagens absurdas só para atraí-lo. A imagem da mãe doente, dopada, surgiu nítida na sua cabeça.

— Não sei, nunca contei. Vou ganhando e gastando.

— Você tem que abrir uma loja, meu amor. Vou ver amanhã quanto custam as luvas.

— Primeiro quero viajar com as crianças. Nós estávamos programando uma viagem quando você sumiu, lembra?

— Eu não sumi, meu amor, não fala assim. Eu me afastei por amor, para te proteger, você não estava aguentando a pressão.

Cristina, indignada, juntava forças para irromper na sala e dar um basta.

— Por que você voltou?

— Para nos dar uma segunda chance. Agora estamos no Rio, a família Lemos não vai conseguir nos afastar. Eu não posso viver sem você e as crianças. Sofri muito, quase morri de tanta saudade. Rezei todas as noites pedindo força para resistir, e proteção pra vocês. Eu te amo, Adriana, juro. Quero que o teto caia na minha cabeça se estiver mentindo.

Cristina fechou os olhos e tapou os ouvidos, mesmo assim escutou primeiro um estrondo, depois os gritos de Cléber. O teto propriamente não caiu, mas o lustre de bronze veio inteiro abaixo. Cléber foi atingido em cheio. Além da pancada na cabeça, sofreu muitos cortes e arranhões nos ombros, nos braços, nas costas.

— Vai embora da minha casa — determinou Adriana, sem um milímetro de pena —, e não apareça aqui nunca mais. Deixei de ser, há muito tempo, aquela boba que você fez de gato e sapato.

Cléber se levantou devagar, segurando a cabeça. Na camisa branca já apareciam algumas manchas de sangue. Olhou para Adriana, confuso, tonto. Ela gritou:

— Some! Rua!

Sem outro jeito, Cléber foi embora. Derrotado, cabisbaixo, mudo.

Adriana desatou a rir. Cristina desceu os três degraus, espantada, e mais espantada ficou ao ver a tia sair detrás da cortina e cair num riso convulsivo. Jussara andou trôpega até o banheiro e bateu na porta. Dali surgiu Marcelo, aos pulos, na maior alegria.

Adriana despencou no sofá, que passou a sacudir no ritmo das risadas. Jussara se arrastava pelas paredes, tentando não cair, já sem controle nenhum sobre seu corpo e seus movimentos. Marcelo rolava pelo chão. Cristina não resistiu quando o abajur piscou duas vezes. Aderiu à festa.

Terminada a euforia, a menina escapuliu. Precisava arrumar a mochila. Do seu quarto ouviu seu Antunes chegando. Passava sempre às seis horas para buscar Jussara.

Resolveu esperar a tia sair, sem ela seria mais fácil convencer a mãe. Mas a conversa na sala se prolongava cada vez mais animada. Adriana, Marcelo e Jussara contavam a seu Antunes a visita de Cléber e tinham sempre algum detalhe novo a acrescentar. Depois, esgotado o assunto, acharam de substituir as lâmpadas quebradas, varrer os cacos de vidro e recolocar o lustre no teto. Aquilo não acabava nunca.

O assobio de Caveira deixou Cristina nervosa. Chico e o amigo tinham chegado, e ela ainda sem saber se ia ou não. Desceu com a mochila nas costas, dirigiu-se à mãe:

— Minha turma toda vai acampar em Saquarema. O Chico e o Caveira vieram me buscar. Estão aí fora esperando.

Jussara se intrometeu:

— Acampar? Que loucura é essa?

— Nós vamos agora e voltamos no domingo. São umas trinta pessoas — disse para Adriana, ignorando a tia.

— Quem vai dirigindo? — perguntou Adriana.

— Caveira.

— Esse Caveira é um irresponsável, não é, Antunes?

Cristina percebeu seu Antunes tocando o braço da mulher, tentando neutralizá-la. Mas Adriana já concedia:

— Está bem, vai, mas toma cuidado.

— Adriana, você vai deixar essa menina ir assim, sozinha? Pelo menos manda o Marcelo junto!

— Era só o que faltava — explodiu Cristina. — Não vai ninguém da idade dele. — A raiva era tanta que inventou: — Tia, cuidado, o lustre...

Jussara deu um pulo para o lado e, enquanto todos encaravam o teto, Cristina deslizou para rua. Passado o susto, e mesmo não tendo mais jeito, continuou com a lenga-lenga:

— Marcelo devia ter ido junto.

Foi a vez de o menino reagir:

— Corta essa, tia! Cristina está amarradona, curtindo a parada dela, eu é que não vou ficar azarando.

— Adriana, você precisa tomar uma providência. Olha o linguajar desse menino! E ainda por cima usando brinco!

Marcelo abriu a camisa para mostrar a tatuagem nova no ombro. E saiu gingando, dando risada, certo de que era o que Caveira faria.

Final

Noite clara, lua cheia. Cristina nunca tinha acampado antes, não sabia armar barraca. Deixou a tarefa a cargo de Chico e foi preparar com algumas amigas as cestas de frutas. Fatiaram melancias, melões, abacaxis, dispuseram em cestas de vime junto com pêssegos, uvas, bananas. Enquanto isso, outros montavam a fogueira ou furavam cocos e enfiavam canudos.

Tudo pronto, acenderam a fogueira e sentaram em volta. Ceiaram ouvindo rock e trocando aventuras vividas entre ondas de Fernando de Noronha, Califórnia, Havaí e Bali. Cristina amava estar ali, livre, solta, no meio de gente jovem, participando pela primeira vez de um luau. Deitou a cabeça na areia, amando a noite, o céu enluarado, as estrelas. Chico contava alguma coisa ao grupo. Passou a mão pelas costas dele, sentindo como era bom ser mulher, gostar de um homem e estar junto dele.

Encerrado o luau, recolheram-se todos nas barracas. Chico sussurrou que eles nunca se separariam, seriam sempre como a Praia e o Mar. Por isso queria que o filho se chamasse Praiamar. Ou Praiamara, se fosse menina. Descreveu a criança lourinha com uma miniprancha debaixo do braço e um estrepe agarrado no pé. Chico ia falando e Cristina concordando, Praia, Mar, Praiamar, Praiamara.

Cristina deitou, mas não conseguiu dormir. Sentia a presença de Chico ali bem perto, quase ao alcance da mão. Acendeu a lanterna, olhou o relógio: duas horas da manhã. Não é que não tivesse sono. É que estava feliz. E felicidade não gosta de dormir. Prefere ficar acordada, revivendo, curtindo, imaginando o que a vida tem de melhor.

Sobre a autora

Cecilia Vasconcellos participou de algumas oficinas, onde descobriu o seu talento: escrever. Em menos de quatro anos, publicou várias obras, algumas delas premiadíssimas. Cecilia revela um dos segredos de seu sucesso — a cumplicidade com a criança.

Sobre a ilustradora

Rosana Urbes estava sempre desenhando, e o desenho foi se tornando sua vida. Durante alguns anos, trabalhou fora do Brasil fazendo longas-metragens de animação e ilustrando histórias para livros infantis. Hoje, tem uma produtora em São Paulo para projetos de curta-metragem de animação, além de seus trabalhos com livros.

EQUIPE EDITORIAL
Daniele Cajueiro
Maria Cristina Antonio Jeronimo
Guilherme Bernardo
Ana Carla Sousa
Adriana Torres
Pedro Staite
Mônica Surrage
Leandro Liporage
Maicon de Paula
Vinícius Louzada

Este livro foi impresso em 2015 para a Editora Nova Fronteira.
O papel do miolo é offset 90g/m², e o da capa é cartão 250g/m².